走进南美洲

张 景 著

中原出版传媒集团
中原传媒股份公司

大象出版社
·郑州·

图书在版编目（CIP）数据

走进南美洲 / 张景著.— 郑州 ：大象出版社，
2017. 5（2018. 9 重印）
ISBN 978-7-5347-9094-2

Ⅰ. ①走…　Ⅱ. ①张…　Ⅲ. ①散文集—中国—当代
Ⅳ. ①I267

中国版本图书馆 CIP 数据核字（2017）第 007135 号

走进南美洲

ZOU JIN NANMEIZHOU

张　景　著

出 版 人　王刘纯
责任编辑　李建平　司　雯
责任校对　安德华
装帧设计　付锬锬

出版发行　大象出版社（郑州市开元路 16 号　邮政编码 450044）
　　　　　发行科　0371-63863551　总编室　0371-65597936
网　　址　www.daxiang.cn
印　　刷　河南文华印务有限公司
经　　销　各地新华书店经销
开　　本　890mm×1240mm　1/32
印　　张　8.5
字　　数　152 千字
版　　次　2017 年 5 月第 1 版　2018 年 9 月第 3 次印刷
定　　价　25.00 元

印厂地址　新乡市获嘉县亢村镇工业园
邮政编码　453800　　　　电话　0373-5969992　5961789

自　序

继我的那本摄影集《走进非洲》之后，我在摄影方面的下一个梦想就是拍一部《走进南美洲》的摄影集，而如愿走进南美洲之后，我才突然想起一个做记者的蓝颜知己劝我的话：你要在《走进南美洲》这部摄影集中发挥你这个作家的优势，亦文亦图。因为虽然在作家中你不是最好的，但我相信在作家中你的摄影技术是最好的（之一）；在摄影家中你的摄影水平不是最高的，但在摄影家中你的写作水平一定是最高的（之一）。我当时只当这是他逗朋友高兴的话，仅仅是付之一笑。但在南美洲的数天行程中，我越来越有一种摄影集亦文亦图的创作冲动。

虽然摄影集的原则是不能有文字说明的，因为摄影家的天职是要用图片说话，即用留住瞬间美的图片去表述摄影者的眼中所见、耳中所闻，以及心中所思、所想、所悟、所爱，但在南美（拉美）的大地上，我越走越有书写文字的冲动，因为我觉得平时我们从媒体中得到的南美洲国家的印象是贫穷、落后、独裁、专制、不幸等，包括我来时许多好友就劝我别来，也大有那里是人间地狱或那里有一群野蛮未开化的人，绝对不能去之说……尤其又赶上智利大地震，是自己好探险的天性及拍《走进南美洲》摄影集的冲动或夙愿，才使我勇往直前、义无反顾、舍身赴“死”，大有“风萧萧兮易水寒，壮士一去兮不复还”之壮烈豪情。包括初去的几日，我们在车上、在餐厅、在路上无不怀着忐忑不安之心，甚至哪儿也不敢去，更不敢单独行动，一反我在亚非欧诸国爱大街小巷独自乱跑，美其名曰深入社会的“恶习”。

随着在南美（拉美）时间的增长，我逐渐改变了在国内时对它的看法，并且慢慢地爱上了这里。尤其是这里进入人类文明社会较晚、受殖民统治时间较长的南美人，他们在政治、经济、文化、生活、体育等方面，尤其是价值观、生活方式等方面有许多可取之处，故回国后在工作之余，花了十几天时间完成了这本游记形式的随笔，并辅之以拙照，向各位读者朋友介绍一下我眼中的南美洲。

当然，既然是文学作品，自然会有来源于生活而高于生活之处，不仅分析中可能会有臆断，而且在行笔中也难免不经意间将在非洲、欧洲等国的见闻融入其中，加之又是一家之言，难免存在偏颇疏漏之处，万望诸位师长及读者朋友海涵。

作者于2010年4月7日

目　录

南国春早

运作、准备、期盼了三年的南美洲之行终于可以启程了，这是我走进非洲之后的又一期盼。在非洲，我用镜头记录了我的所见所闻，在南美洲，我要用镜头和笔共同记录我的所见所闻、所思所感。

我们一行六人在蒙蒙细雨中集合，中午，有几位市政府及外办工作人员来为我们送行。即使吃的仍然是家常便饭，但席间我们六人脸上流露出的更多的是快乐、是期盼。虽然另外几个人没有我要出摄影集的冲动和“读万卷书，行万里路”的理想，但有一个共同的兴奋点——旅游满足了人类迁徙流浪的动物原始性，这是人们旅游既花钱又受累仍乐此不疲的根本原因。

由于要从香港起飞，我们便乘高铁由武汉前往广州。从武汉到广州普通票的票价是 469 元，软席（高等座）是 749 元，它略低于或等于打折的机票价。

出了高铁站，扑面的热浪使我们这些来自冰雪未融的北方人突然感觉到了夏的气息，连棉衣都没来得及脱下，拖带较多行李的我们瞬间汗流浃背，气喘吁吁。尤其是广州高铁站不太人性化的设计，使我们从出站口到停车场走了近二十分钟，累得我们连箱子也拉不动了。相比南国街头短衣短袖的俊男靓女，我们这些穿棉衣冬装之人更显得臃肿不堪，不合时宜。

第二天早晨我起了个大早，想要漫步广州珠江。刚出门，迎面几棵大树的新绿使我的心灵猛然一震：南国春早！

在两位中学生的指引下我来到了珠江边。蒙蒙细雨充满诗意，好像是在给我的南美之行做良好的铺垫。在如画的珠江边，我慢步小跑，一边锻炼，一边赏春，微风、细浪、碧波、瑰日、翠树，连行人也都充满了善意。

去香港途经深圳，这个城市我多次来过，相对于其他城市，它给我的感受是卫生状况、交通秩序等都明显好于广州及内地，包括北京、上海。难怪有人说，中国的改革，深圳是排头兵，深圳学香港，东南学深圳，全国学东南。

感受香港

进入香港，我所感受到的一是秩序，二是文明，三是安静，人们在楼梯、大厅、商场等公共场合都很文雅，没有乱哄哄的感觉。

经过一个小时的车程我们到了入住的尖沙咀马可波罗大酒店，一路上（约几十公里）我们也没堵车，只遇到了两个红绿灯，且路上几乎没遇到行人（人车分流得好）。我在思考这样一个问题：香港人口密度比北京、上海都大，香港的交通秩序为什么这么好？

离夜里 11 点多的飞机还有几小时，我们在尖沙咀这个香港最繁华的地方转了转。在这里，衣服都是几千、几万一件，手表动辄几万、几十万，顿感香港真是富人的天堂，但也不得不慨叹香港居民的高素质。如我们在香港一家商场里的中餐厅吃饭，点菜时我想点个核桃仁，服务员立刻很礼貌地劝我们："先生，你们的菜已经不少了，再点吃不下的，能否等吃吃再点？"

夜里 11 点我们驱车赶到香港国际机场，给我感受最深的是

香港一角

偌大的一个国际机场，由于设计合理，几乎很少见到排队的、拥挤的、吵嚷的人群。有位社会学家说，一个国家和地区的文明看厕所，效率看机场，富裕看厨房，未来看“三场”（体育场所、读书场所、音乐场所）。

更令我惊叹的是，在机场办完登机手续去登机也可以坐地铁，这使我不得不感叹香港国际机场的规模宏大。机场人员分流得好还有一个佐证，地铁上除我们一个代表团的六人外，乘客只有一位小姑娘，就好像是为我们开的专列。

南非机场

夜里 11 点 40 分，我们登上了飞往南非约翰内斯堡的飞机。

飞机要途经南非，然后到巴西，飞机是南非航空公司的，从此机我明显感到该航空公司与欧洲包括中国航空公司的差距：我三次要毛毯没人理，三次按服务铃没人应，三次要水没人给，早餐我食量大，多要一个小面包也不给，连上机安全教育也不搞。我对他们的印象也因此降到最低点，上次去非洲坐的是埃及航空公司的飞机，没有如此印象。

南非上空的云霞

夜里两点钟吃饭，饭后我对一夜无眠做好了充分的思想准备，因坐着睡最难（长久）。当时屁股坐疼了，脖子也酸，始知在家有一张温暖的床是多么幸福啊！

坐了十三个小时左右的飞机，天已亮，我趁机拍了些南非好望角的天空、朝阳、白云，尤其是朝霞染红云彩、机翼的那种颜色，根本不是画家包括勃朗伦那样的调色大师所能调出的，也非我们在陆地上所能见到的。

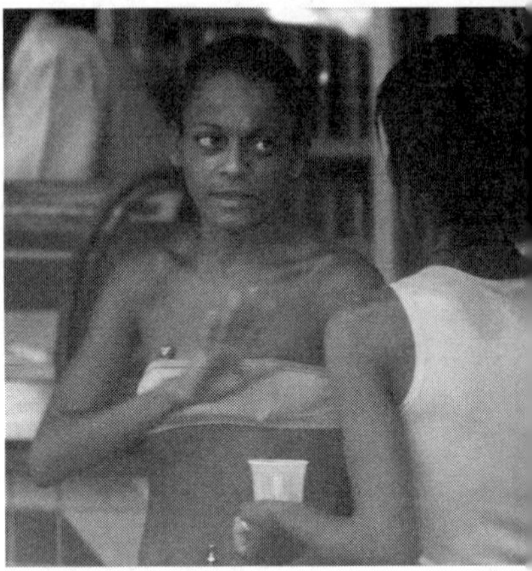

不爱拍照的黑人姑娘

下机后，想拍几张黑人照片，他们大多抗议或以手捂脸，我才想起黑人不喜欢拍照，他们认为照相会吸走人的灵魂。为尊重起见，只拍了些他们的背影，不过也有几个老人不怕拍照。

不怕拍照的老太太之一

由于要转机巴西，我们为节省起见，没带翻译，多次问路不知如何转机，我遂拿机票让一个黑人保安查看，他指明了转机方向，我突然发现转机方向都是两架飞机的标志，又长一智也。

好不容易找到转机场所，我们按登机口号前行。沿途商场众多，我们的一个团员想买件衣服（袖子破了），但由于没带翻译，半天没讲明白，同行者想放弃，我让等等，遂见一中国人模样的人，便问她会不会汉语，见她能很好地同我交流，便请她帮忙。

不怕拍照的老太太之二

看登机时间还长，同行们便去购物，我历来坚持旅游不购物原则，除了急用的物品或书籍，从不购买其他物品。我趁机将南非机场全貌拍下后，又到附近转了转，拍了些照片。在南非机场厕所，我从一个细节看出他们国家管理的落后，在缺水的非洲，冲厕竟然不分大小便，小便冲水更达一分钟之久，且水流很急。

此时已是中国时间下午 4 点，约翰内斯堡时间是上午 10 点，候机时间还早，加上饥饿，我们到咖啡厅吃了点面包，喝了一杯奶茶，六人花了 2000 多元人民币，在国内一般商店 50 元足矣。

下午 4 点 10 分到达圣保罗国际机场——南美客流量最大的国际机场，该机场离市区有 40 分钟的车程。

当天晚上，圣保罗的华人同乡会在饭店给我们举行欢迎晚宴。

南非机场

由于中国人向来热情好客，他们竟然十多人出席晚宴陪我们六个人。

欢迎晚宴上我们还互赠了礼品。

保罗街头

理性环保的南美人喜爱小排量的两厢车

街头公交汽车

走进圣保罗

圣保罗州位于巴西东南部，是巴 西二十六个州之一。圣保罗州面积为 24.88 万平方公里，约占巴西全国面积的 3%；人口 4000 多万，约占巴西全国人口的 22%。圣保罗州由 645 个市组成，分为 13 个大区，其中，由圣保罗市及其周围 38 个卫星城组成的大圣保罗区面积为 8051 平方公里，人口约为 1800 万。圣保罗州首府圣保罗于 1554 年建市，位于圣保罗州东南部，是巴西也是南美最大的城市。圣保罗市平均海拔 760 米，面积超过 1500 平方公里，人口 1100 万。圣保罗市属热带高原气候，可谓气候宜人，一年之中温度变化不太大，年均气温在 14℃至 23℃之间，但昼夜温差大，夏天有人穿外套，冬天也有人穿短袖。

街头涂鸦之一

街头涂鸦之二

圣保罗不是旅游城市，而是工业城市，有汽车、飞机等生产线。汽车工业发展早，不过皆为奔驰、大众、福特等外来办厂，没有自己的牌子。在街上也看不到好车，这是因为一是有钱人不看重这个，二是人们环保意识强。圣保罗是移民城市，传说是哥伦布发现此地的，并引入非洲黑人劳力。黄种人只占 0.02%，圣保罗华人有近 30 万。

圣保罗州农民占全国人口的 20%，农业是主要生产形式，根本没有我国的一家一户经营。这里橡胶树多，水果多，全世界的浓缩橙汁有一半产于巴西，而巴西出口橙汁的 95% 以上来自圣保罗州。

圣保罗的城市面貌像 20 世纪 30 年代的广州，路多是自然形成的。建筑沿路建，像重庆山城。翻译介绍说这里的市区中心大道叫 5 月 23 号，为什么叫这个名字呢？据说，当年圣保罗大学法律系学生为护法抗议当局，罢课三个月在这条大街上游行，不少学生因此被流放或惨遭杀害。后来总统为之题词，大意是生的伟大，死的光荣。为纪念该事件，政府在这条街上修建了护法英雄纪念碑，这条大街就叫 5 月 23 号大街了。

这里人均月收入 3000 巴比（相当于人民币 1 万多），房价每平方米平均 7000 元人民币左右，圣保罗 90% 的房产是个人的。圣保罗 1800 万人拥有 950 万辆车，但从不堵车。街上两厢车较多，用的汽油少，而且这里的汽油每升才两块多人民币，国内价格比这高多了。

到圣保罗后第一天的日程安排主要是参观皇宫博物院、圣保罗皇家花园、圣保罗大教堂、东方移民商业区、拉美民俗展馆、

头涂鸦之三

街头涂鸦之四

圣保罗大剧院，游览巴西最大城市圣保罗。

早晨，我按自己早起的习惯，不顾时差及辛苦，仍然一早就起来了。因为对人而言，人生以勤奋为本，勤奋以不晚起为本。我迎着朝阳，在圣保罗的大街小巷里穿行。都说巴西治安不好，我倒想遭遇一次，想看看他们的处置情况。我腰挂一相机，身背一相机，都较贵重且外露，并没遵守“财不露白”的古训，但事实并非外界所说的那样。不过出去溜了一圈也还是大有收获的，在街头见到了在国内难得一见的景观树，而且从它们的生长状态可以看出圣保罗城市居民的高素质和环保意识。

圣保罗皇家花园里的雕塑之一

圣保罗皇家花园里的雕塑之二

圣保罗大剧院外景

圣保罗大教堂

城市奇异花卉之一

城市奇异花卉之

保罗的天空

城市奇异花卉之三

城市奇异花卉之四

城市奇异花卉之五

石花

街头植物

没有红灯

仔细观察圣保罗市内交通，有一点与我国不一样，即圣保罗没有红灯，只有绿灯及黄灯（代表红灯），是“黄灯停，绿灯行”。为此，我专门请教当地有关人士，他们说红色与鲜血的颜色比较接近，而且从色彩心理学的角度来说，红色易使人急躁、匆忙，没有黄色易使人安静。

路口没有红灯

全国没有交警

正值上班早高峰时期，在路上却从没看到一个交警。在国内，上班早高峰时期交警都是要到路面站高峰岗的。纳闷之下问了翻译，才知道巴西全国没有交警。突然想起了我在欧洲、非洲、亚洲的其他国家旅行时都没见到过交警，遂打电话同一国际警学界的朋友联系，得知在全世界只有中国、朝鲜和古巴等极少数国家有交警。

快的隐忧

翻译小周带我们参观圣保罗市的时候告诉我们，圣保罗发展得不快，这里很重环保，重能源节约，重百姓的生活质量。我近年回国，每次回去都能看到国内的变化，这种日新月异的快速发展固然很好，但隐患太大，尤其是对能源资源的消耗过多，污染过重。

远眺圣保罗

下水道、供水道可走人

我们参观了城市的一处下水道，它就并列在一处饮用水管道旁，对此我们感到很震惊。该处下水道如同国内楼房的走廊，可以走人。我问这是为什么，翻译告诉我们：人性、经济、卫生。人性就是维修方便、安全、快捷（坏了不用挖地，去了就修，以免居民迟迟用不到水或污水溢出地面）。经济就是看似首修时投入太大，其实最节约。卫生就是你看我们这里的供水管道每天可以很方便地巡查一遍，哪里漏水可以随时补上。另外，你看我们的供水管道都是不锈钢的，这种材质最卫生。

加班才有问题

晚饭时导游告诉我们不能逾时。“我们多给钱，行吗？”“不行！”我们问为什么，他告诉我们这里的劳动法很厉害，对除救灾应急工作等外擅自安排加班的单位处罚得很厉害。“那要是自愿加班呢？”我们同行者有人问。导游答道：“这里没人愿意加班，因为加班一是效率低下的表现，是办事拖拉的象征，二是能力有问题，三是企业或用人单位不尊重工人及其家人的表现。因为钱是挣不完的，陪家人的时间是有限的。”

奇怪的商场

这里的商场有“三怪”：上午不开业、夜里不开业、星期天不开业。我对后两怪大惑不解，上午不开业可能是因过夜生活起得晚，但为什么夜晚及星期天也不开门呢？那可是人们购物的黄金时间啊！翻译告诉大家：“这里的人晚上下班后既不逛商场，也不外出应酬，都是回家陪孩子、陪家人。”

同行的有人问道：“那不应酬朋友，如办事或有事找谁帮忙啊？”周导（翻译兼导游）回眸一笑，朝问者答道：“我们这里办任何事情不用找熟人、找朋友，都是一是一，二是二。反之，去找熟人事情更难解决——他为什么找熟人？他肯定有问题，我得仔细查查。这里哪怕家人去办事也要排队，也得不到任何照顾，反之还会以此为耻辱。另外，这里的人际关系特简单。”

流动菜场

路过一巷，导游指着那一片菜场告诉我们说这是流动菜场。一听这个名词很新鲜，我们很感兴趣，便问其详，她见我们有兴致便娓娓道来："这里的流动菜场分三种类型：车铺流动型，有许多在车子上的菜铺，定时定点不断流动；地面允许型，市内各街区设定好时间，允许在一定的地方摆摊卖菜；黄金时间限定型，即在早晨或购买高峰的时间段，允许在方便居民的地方流动摆摊。无论哪种形式，大约保证每周流动一次，这样既方便了居民，又解决了乱摆乱设的问题。"

当然，他们也有随地乱摆乱设点的，但政府从来不管，其理由有三：一是为方便市民，只要不堵塞交通，哪怕有碍市容也没有关系，阻挡交通的乱设摊点者一般不会出现，因为路堵了他也卖不出东西了；二是弱势群体的生路比市容重要，因为到街头乱摆乱设摊点者，都是低收入的半失业的弱势群体；三是用政府雇佣的市政管理员去强行管理，只能加剧官民冲突，将弱势群体逼上生活绝路或暴力抗争之路。

流动菜场

买枪如买菜

一次在市场上见有人卖枪，以为是走私来的，翻译告诉我们这里私人可以拥有枪支，可以像买菜般随时随意购买。我问有什么要办的持枪手续没有，她告诉我们没有什么持枪手续，只要有没有精神病的医院证明（两年一次）及射击准确度证明（以免滥伤无辜）进行登记即可。

全国人都拥有枪支我们思想上难以接受，那不天天有枪击案发生？一问才知事实并非那样。这里极少有枪击案或持枪杀人案发生，而且劫财强奸案也很少，因为人人有枪，进行正当防卫时可击毙犯罪嫌疑人。当然也发生过有人开枪打别人直升机的案件，因为这里的媒体都是私人的，枪击案都争相报道一个也瞒不了，但这样的案件确实很少发生。

没有防盗门窗和院子

居民楼

我们所到之处，无论是富人区还是贫民窟，以及高档宾馆、金店等，几乎没有见到有安防盗门窗的。我们多方询问得知，这里很少发生入室盗窃的案件，故没人去多此一举。相反，许多人家的消防通道可以让人随时很方便地进入屋里，有的没消防通道的还架有梯子或拴有绳子，以便人们很方便地从窗户出入。难怪有位法学家说：一个地方防盗门窗的安装量是那里治安状况的晴雨表。

在南美几天后发现，从总统府这样的机要重地、国防部这样的军事重地到普通百姓的民屋、达官巨富的豪宅，一律没有院子。通过交流及思考，觉得不要院子有以下好处：节约资金；节约土地；便于交流；更阳光、透明，主人及坏人干坏事可以及时发现。

随处可见的私人小楼之一

随处可见的私人小楼之二

别致的居民楼

有激情没感情

巴西、阿根廷等南美国家的人有个普遍的特点是有激情：对生活充满激情，对人生充满激情。无论是走路、说话还是相聚等都表现得激情四射，充满朝气。但他们不太重感情，朋友之间说翻脸就翻脸，你对他好他不一定对你好，且大部分不会投桃报李。情人之间说分手就分手，夫妻之间说离婚就离婚，离婚如同我们朋友聚散般随意，有时真令我们东方人觉得不可思议。

有热情没人情

这里的人，无论是熟人还是陌生人都很热情，无论是问路还是相遇于电梯里、走廊上，都多会向你报以微笑。但他们有热情没人情，无论与你再热情、再亲近、再友好，若你找他办私事、开后门或让你受到比常人、比陌生人更好的照顾，那是没门儿的事。如我每到一个国家，总想去人家家里看看，我向司机、导游讨好了很久，很得他们好感，但当提出这事时他们立即冷了下来：公司没有这个安排，我没法协调。

建筑多是百年前的

这里的建筑多是老建筑，百年老字号比比皆是。比如圣保罗金融街上多是老建筑。圣保罗只有456年的建筑史，连402年前的古建筑都还完整地存在，而且都还在照常使用。至于二三百年前的建筑，更不在话下，甚至有的很破旧的房子也没有拆迁，在我们看来真的是有碍市容。

当我们问有关人士这是为什么时，他们的回答值得我们深思：保护古建筑有利于保存历史，房子等建筑是最好的历史遗迹，建筑作为空间艺术、工艺美术、造型艺术的融合体，是文化的主要传承物，是一个民族历史的最好见证，因为许多人类文明都是通过建筑得以保存的，拆房等于割断历史，而一个没有历史的民族是没有未来的民族；房子是人类财富尤其是私人财富的主要部分及主要积累，拆房等于消灭了人类财富的主要积累，将造成对资源的巨大浪费；拆迁将造成巨大的环境污染，不仅会产生大量的建筑垃圾，而且拆迁时灰尘也会四处飘散；重建还会造成劳动力的大量浪费，一般建座房子要花一年的时间，人生又有多少个一年啊，这将大大降低这一年的生活质量。

银行大厦上的自动敲钟人

全民吃药看病不要一分钱

这里的医疗制度非常好，即无论是哪个阶层、哪个地域、哪个民族，只要是本国国民，哪怕是犯人、乞丐，即使是来此旅游侨居的人，都可免费享受一切医疗条件，包括挂号也不用掏一分钱，可以说就看病而言，人们没任何后顾之忧。另外，医院不能买卖药品，就是看病的人无论吃药、做手术、住院一律由国家买单。另外，这里的医生都享受公务员待遇，不存在生计问题，自然不必要黑心了。

中小学、公立大学全免费

据导游介绍，他们国家的教育普及程度比较高，究其原因有二：一是从小学到高中的教育全免费，不仅不收学费，而且也不收书本、作业本费，并且中小学生的午餐都免费，天天还发水果、牛奶等基本营养品；二是大学分公立、私立两种，只有私立大学收费，公立大学同中小学一样全部免费，这样可保证部分人家的孩子上大学无后顾之忧。

升大学考试每年可达几十次

这里的高考制度实行中学达标加大学校考制，即中学只要修够一定的学分（约等于我们各科的及格分数）后，由各大学自主出题考试，一般不考中学的学习内容，只考体现创造力、能力等方面的内容，如情商（EQ）、健商（HQ）、美商（BQ）、德商（MQ）、逆商（AQ）、财商（FQ）等。

中小学上学半日制

在走访中，使我们诧异的是他们的中学是半日制（除极少数有特殊原因外），即半天学习、半天玩耍或写作业（很少），即使是作业也是探讨性的、交流性的、考察性的、玩耍性的。例如，苹果有几种吃法？曲别针有多少种用途？（有学生最多想到几十种）蚂蚁喝牛奶吗？20 公里的自行车路你怎样才能走完？……问题千奇百怪，让学生乐此不疲。但是，老师是全天上班的，除了半天教学，另外半天是专心批改学生的作业或设计教学问题，以及研究如何因材施教。

班内多是几个学生或十几个学生

最使我惊诧的是当地学校班级内大多是几个学生或十几个学生，这样才便于教师因材施教，以及处理学生的作业，观察学生的学习、心理、性格变化。从教育学、心理学的角度讲，教育过程中最好的教学人数是十人左右，以不超过十人为宜，否则你根本无法科学地完成教学尤其是教育的任务。

学校的活动日特别多

在学校了解到，他们各种各样的节日特别多，可谓多得让学生应接不暇。这里所说的节日，就是各种活动日，如旅行日、探险日、登山日、滑雪日、父母日、欢乐日、发泄日、游泳日、电影日、演讲日、武术日、服装日、音乐日、美术日、辩论日，以及排球日、篮球日、足球日等各种“球日”，五花八门。在这些日子里，学校都会根据青少年的身心特点举办各种活。而这些节日又分班级的、院系的、学校的三个层次，可谓层出不穷，花样翻新，同学们个个融入其中，玩得不亦乐乎，不仅喜欢活动、喜欢班级（集体）、喜欢学校，更喜欢学习。

思考这样做的好处，一是更符合青少年身心发展规律及教育规律；二是更易培养学生的集体主义精神；三是快乐指数高，身心得以更健康地成长；四是学生的情商更高。

学校非行政化

当地学校没有行政级别，即非行政化，学校就是学校，没有行政级别，也不靠挂行政级别争取教育投入。这样做的好处，一是使校长远离行政化，不受官本位思想影响及官员影响；二是经费不受行政部门牵制，不用看官员的脸色；三是法定校长不由官员任命，有全国（州、市）公开招聘、教代会或董事会选举任命等多种任命形式；四是有利于教学创新、教学改革、教学研究，即校长可以将一切精力放在教学上；五是学校无上级，当地多是教育协会，即使国家内阁设有教育部的，也多是研究制定有关教育的法律、政策等，学校只有一个上级，即这个地域内的选民。由于学校尤其是作为学校之魂的校长远离了行政化，使得校长能真正做到安心于教育教学和学生的身心发展工作。

街头售卖艺术品的学生之一

自由的大学

那里的大学是真正的大学，因为真正的大学是有独立之思考、自由之思想，是培养精神贵族的地方，是自由思想的碰撞地、各类人才的聚集地、高贵灵魂的栖居地。那里的大学具有以下特点：一是思想自由，越是异想天开的想法越是受到注目和尊重；二是言论自由，无论你说什么，都被允许且受校方、师生鼓励，在大学里普遍流行的一句话是："我虽然不赞成你的观点，但我誓死捍卫你说话的权利"；三是上课自由，听课没有硬性规定，学生不听课还能完成学业更了不起，同时也能促使课讲得不好的教师去提高自己，否则他的课没人去听；四是上学自由，无论什么时候，都可想上就上，想休就休，同学校打声招呼就行，无须审批。

街头售卖艺术品的学生之二

所有大学生要到政府部门实习一年

我们在当地政府机关常常看到几个年轻人垂手侍立或搞服务性工作，看起来不像公务员，遂问有关人员，得知是大学生实习生。这是该国的一种教育制度，即大学的最后一年，大学生一律到政府部门实习，领底薪，一年后如想到政府部门工作就考公务员，否则自行择业。这样做的好处有以下几点：一是为政府减轻开支，学生薪水低且不用养老；二是为他们提供了实习机会；三是使他们熟悉了政府工作程序，便于日后监督政府；四是缓解了大学生的就业压力。这样做真可谓“一举四得”。

幼儿园里的怪事

走访这里的幼儿园，我发现了许多令我们奇怪的事，我们先是大惑不解，随之是大开眼界，继而是大受教益。

一是不分大、中、小班，即不按年龄分班，只按人数分班，大的小的在一个班，一起玩耍，这样做的好处是有利于培养孩子爱与被爱以及互相照顾的能力。看到幼儿园中大孩子抱着小孩子玩，像母亲照顾孩子似的，立刻能体会到这样分班的科学性。

二是入园年龄不受限制，这样既可减轻家长的负担，又便于培养大孩子照顾人的能力，还可让孩子及早自立和融入集体生活。

三是幼儿园没课本、没作业、不上课、不教知识，顶多偶尔发些绘图本，孩子的主要任务就是玩，因为玩最符合儿童天性，也最利于他们的身心健康发展。

四是冬天不让孩子穿棉衣，甚至连长裤子也不让穿，让孩子从小受冷受冻。这样做的好处一是有利于培养孩子的耐寒能力，二是有利于培养孩子的吃苦能力。

五是一切事情自己做，教师不得代替，放学的路上看到，只要是会走路的孩子，都是身上背着东西、手里拿着东西、肩上挎着东西，而家长们却两手空空，什么也不拿。

六是对服装要求多，每个入园学生都有十几套服装，吃饭用的、睡觉用的、玩耍用的、集合用的、演出用的等，目的是使学生经常换衣服、叠衣服、洗衣服，以培养他们的动手能力。

七是各种玩耍活动或表现活动多，可以真正使孩子在活动中得到锻炼，不断成长。

八是禁止批评，认为每个孩子都是天才，无非是愚昧的老师（父母）葬送了他们。幼儿园的宗旨之一是孩子没有错，因为批评可使孩子胆小、没有创造力，尤其使其智力得不到应有的发展。教师的口头语是：考虑一下还有更好的做法吗？

九是有“晒太阳课”，即专门安排晒太阳的时间，当然会避开中午十点至下午两点紫外线最强的时间，正因为晒太阳对保健有利（冬日胜过补药），幼儿园便从小就培养他们对太阳也是对大自然的热爱。

精英当教师

记得有位社会学家说过：一个民族有无未来，就看其精英的去向，尤其是是否愿去学校。此话确有道理，只有学校里的教师是由这个国家、这个民族的精英组成，这个国家的国民素质才能相对提高得快，因为人与人之间的一切竞争无非是素质竞争，国与国之间的一切竞争也无非是这两个国家国民素质的竞争。教育学中有一句名言：新竹高于旧竹枝，全靠旧竹来扶持。试想一个由精英组成的教师队伍和一个由非精英甚至低素质者组成的教师队伍相比，不言而喻，他们所教出的学生的素质将有多大差别。

下面说说当地的政策是如何吸引精英去当教师的。一是高工资待遇，不仅高出官员许多，还高于其他职业许多，当然不能同牙医、律师这样的自由职业中最优秀的人员的收入相提并论。一般而言，一个五六口人的家庭只要有一人当教师，哪怕是小学老师、幼儿园老师，就足以使全家过上非常体面的生活。二是社会地位高，谁当教师或谁家出了个教师，那是件很光荣的事。三是最长的带薪休假制度，且不算正常假期。四是最好的社会保障，即有最高的失业救济金、养老金、住房补贴及各类社会福利，使教师真正成了太阳底下最光辉的职业、人人向往的职业、精英聚集的职业。如我接触的几个教师，素质之高、知识面之广使我大开眼界，涉及教育学、美学、体育、音乐、哲学、心理学等方面，无论提到哪一方面都能侃侃而谈，且都有较深造诣。更令我吃惊的是，我接触的一个幼儿园教师竟是教育学、哲学双博士，并正在攻读美学博士（人家都是终身学习）。另外，作家、官员、名人、政要转行当教师的人相当多。

教师的观点不可理喻

我们此行虽没有教育考察任务，但我还是千方百计地到当地几所中小学校参观了一下，学校和学生给我的印象是松散、干净、活泼。一是教师讲课时学生可自由出入；二是教师讲课时学生可自由说话或讨论；三是在课堂上学生可以睡觉；四是教师与学生尤其是小学生说话时必须蹲下；五是学生只修学分不统考；六是学生的考试时间由学生自己定，一般都是一人一考，学生想什么时候考就什么时候考；七是修够学分随时可跳级；八是来不来上课、迟到、早退从不受限制，只要修够学分即可；九是随时可休学，随时可复学。

我不解地问老师：为什么允许学生在课堂上自由出入？"那是学生的人权，他有急事肯定要出去啊，比如上厕所，你不能让他憋坏啊，上厕所比听课要重要！"允许在课堂上自由说话的理由是学生的自由比什么都重要，再者学生有问题才需要说话或讨论嘛。允许学生睡觉的理由是身体需要休息才睡觉，否则要伤身体，健康永远比知识重要，再者，休息权也是人权的基本内容之一。教师与小学生说话必须蹲下的理由是：从小教学生人与人之间是平等的，不能因为我们是成人或老师就居高临下地同他们说话，那样将不利于培养他们的民主、平等思想。不统考的道理是：凡统考必有分数高低，而考高分的只是一小部分人，那就大大挫伤了大部分学生的自信心及对学习的兴趣。让学生自定考试时间是表示学生的事学生自己有权决定，并给他充足的准备时间。跳级不限时间，可给高智商的学生发掘潜力的空间，也减少人力资源的培养成本。允许不来上课的理由是如果不来上课就能学好，这样的学生更了不起，也是教师乃至教育的最大成功——他已掌握了学习方法，不仅学习效率高，而且自学能力很强，这是值得老师高兴的事。

十六岁的黑人妈妈

学生免费午餐的秘密

这里的中小学生包括一部分公立大学的大学生都有免费午餐，免费午餐的经费来源主要有：一是政府买单；二是政府发动、鼓励企业赞助；三是学校发动、鼓励学校的毕业生赞助；四是部分家长自愿赞助。但后三种形式很少，主要是政府买单。

免费午餐供餐的方式如下：首先是由学校或餐馆的营养师制定每天、每周、每个年级（年龄段）的食谱；其次是由学生负责运送、清理餐后用具，还要由学生轮流到学校食堂或供餐的餐馆打工（又分义务工和钟点工，按不同的年级有不同小时的义务工，还有一部分付费的钟点工）；再次是不分远近，无论家住哪里，哪怕是住在校园内的教师子女也一律要吃这个免费午餐，虽然他们绝大部分中小学生的家离学校都不过是十分钟左右的路程，但也不允许回家吃。

经多方了解，终于挖出了这种做法的秘密：一是有利于穷人家的孩子安心上学，不再为午餐操心；二是有利于节省家长的精力，即为社会减少更多的机会成本——一个孩子需要一个人甚至一个家庭为其午餐及接送操心；三是有利于培养孩子的平等思想，无论穷人、富人吃的是平等的，而人类的不平等又往往先从吃穿开始，在孩子中间尤其如此；四是有利于穷人家孩子的心理健康，饮食上的不平等最易使孩子自卑，而自卑之后不仅会自弃（不自信），而且极易滋长厌学情绪或做出反社会的攻击行为；五是有利于培养学生的动手能力，运送食品、洗刷餐具、到餐馆打工这类活在家中父母是很难让孩子长期去坚持做的，只有在学校这个集体中才能长期做且有乐趣地做；六是有利于培养学生们的宽容精神，在运送、洗刷餐具等劳动中很容易出现打破餐具、弄脏衣服、互相冒犯的情况，故学生们自然而然地就学会了互相理解及宽容；七是有利于培养学生们的团结协作意识，尤其是集体劳动是培养、训练协作意识的最好土壤；八是有利于身体健康，用当地一位官员的话说就是：为了民族的未来，即青少年一代这些优秀品质的培养，国家及学校无论花多少钱、多少时间都是值得的。

课本收缴后反复使用

在这里学生的课本都很旧，有的破得粘了多处，显得很寒酸。我们在小学、中学、大学习惯了使用新课本，故诧异地问学校老师为什么。原来当地为了节约及环保（纸张多是树木做的，且造纸时产生的污染特别大），小学、中学、大学学生的课本用后都要上交，学生们用时也很爱惜，有的用了几十年。另外，这里学生的作业本包括公务员使用的公文纸都要求正反两面使用，目的也是为了节约及环保。

里约市府十间屋

里约热内卢是巴西第二大城市，我们走到市政府门口简直不敢相信，数数才十间房，听翻译说连实习生才十几个人。但市里的卫生员（扫大街的）、医生、教师、养老院保育员特别多，有 5000 人左右，而且他们属于公务人员行列，待遇较高。

里约市政府大门

州人大九个人

里约州议会议长

我们访问了巴西里约热内卢的州议会，只有几间简陋的房子，九个工作人员。议长是个慈祥、友善、精干的人，举手投足之间的优雅使我油生敬意。当我们问及这九个人怎么协调工作时，他答道："我们的工作选民很满意啊。"经了解，州议会下面没有任何内设机构，也没有副议长，只有一个工作的班子。另外，州政府给每个议员都拨有专项经费，他们可以聘用助理。

开会计成本

据了解，在这里政府等公务人员基本不开会，有什么事、需要干什么，电话或传真通知即可。如需开会，是要计算三项成本的，即经济成本、时间成本、环境成本，并且都是以分钟计算时间，这使得他们的工作效率很高。由于媒体高度报道自由，官员的讲话常被剖析哪些是废话，哪些可以不讲。另外，开会一般不允许领导坐着讲，一是怕讲话时间长，二是表明对与会人员的尊重。

国宴的饭菜要经议会审批

这里的公务接待没有招待费，但是国宴（即宴请来访的国家领导人）例外，但一般限请 3 人陪 1~2 人，每顿饭都有质与量的规定，哪怕多点个青菜也得自己掏腰包。如遇到国宴招待人数多或超了标准，不用议会、反对党弹劾或媒体炒作，饭后招待方会个人掏钱补交超额费用，这样既节约，又显得官员廉洁。这里有官员因公务招待时多点了一个菜却未掏钱补交超额费用而辞职的前车之鉴，故谁也不敢奢侈。

公车私用要下台

在这里，部长以下级别不配车，部长以上级别包括总统也仅上下班或公务活动时才能用公车，下班后总统也只能开私车（其保镖仍要开公车保卫）。有时遇到穷总统或总理，他在前面开自己的破车，前后有几辆保镖车（因保卫之需都是豪华车）护送，简直成了街上的一道风景。这里有个官员因为在公务活动的路上办了件私事遭到了弹劾，差点下台。当然也有部长因公车私用而下台的例子。加之媒体报道自由，任何人都可将官员的渎职行为上报媒体，故这里的官员就更不敢公车私用了。

既没有大院大门，也没有哨兵把守的巴西国防部办公楼

国防部前的诧异

我们驱车来到巴西国防部。看到眼前的国防部，我很是诧异，觉得这里好像不是真的国防部：没有壁垒森严的深宅大院（根本就没有院子），没有宽厚重实的大门（连小门也没有），没有荷枪实弹的哨兵（连门岗也没有），国民可随意出入，可随意约见部长，包括随意查国防部的账目支出等。另外，从市政府、议会、法院到总统府人们都可随意出入，真正做到了官民没有隔阂。

任何人都可去总统府

这里的国防部也好，总统府、总理府也好，任何人都可以进去，根本没有戒备，也不需登记、审批（连院子都没有，更没门岗、哨兵）。总统、总理、市长在街上步行、去市场买菜是常有的事，谁也不会驻足围观，国民对官员也更无盲目崇拜之情。虽然见总统要约定时间，但去总统府哪怕总统办公室的窗下、门前都是随时可以的。

总统府前的抗议标语

公民可随时查政府的支出账

这里的任何公民都有权查看市政府、州政府、总统府的支出账，因为政府花的是纳税人即公民的钱，公民当然有权理直气壮地去政府机关看账、查账、算账。政府工作人员还要赔着笑脸，端茶倒水，否则将会背上不尊重纳税人的恶名，经媒体披露后不仅有可能遭弹劾下台，还会影响到其所在党派的选举成败。

有钱人在天上飞

这里的私人飞机很多，写字楼和居民楼楼顶上如果没有直升机停机场就难以出租及出售，包括旅游景点，也多有直升机停机场。据介绍，这里的有钱人攀比的不再是豪车豪宅，而是飞机和游艇。

随处可见的私人飞机

常见的直升机停机坪

游艇和飞机是南美富人的象征

豪华游艇

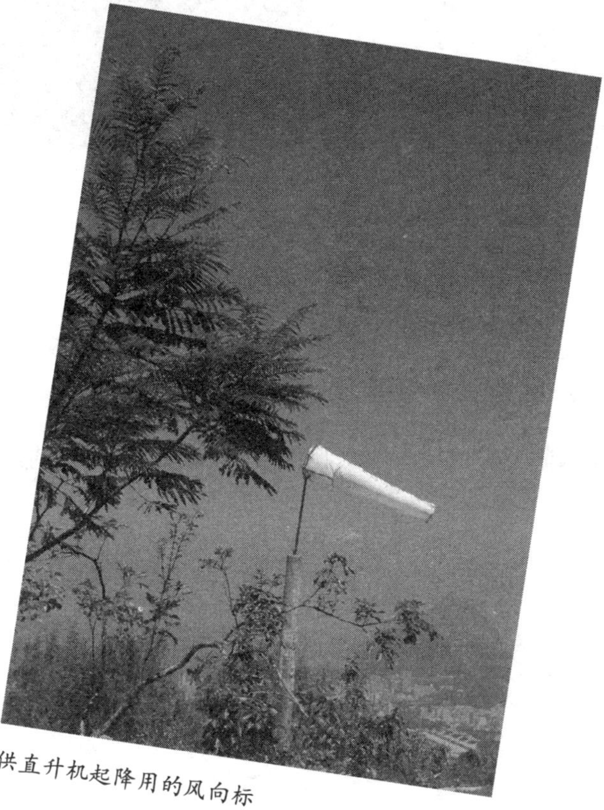

供直升机起降用的风向标

美女雕塑

以人体为至美

在这里所到之处看到了不少的美女裸体雕塑，哪怕是在很庄重的场合也是如此。经过交流，原来是他们认为人体尤其是女性裸体是人间至美，是线条美、比例美、色彩美、动态美的集大成者。

森林在城市中

城市在森林中，森林在城市中

里约热内卢这座城市的一个最大特点是：城市在森林中，森林在城市中。在那里根本分不清哪是森林，哪是城市，百年甚至千年老树随处可见，不仅到处荫翳蔽日便于人们出行，而且空气清新、氧离子多，使人赏心悦目，更有那到处可见可闻的鸟语花香，使人心旷神怡，如置身世外桃源之中。这使我想起了一位美学家的话：城市是人造的，乡村是神造的，森林是上帝造的。而当地的城市即乡村、即森林，也即神之杰作、上帝之杰作。

街头植物

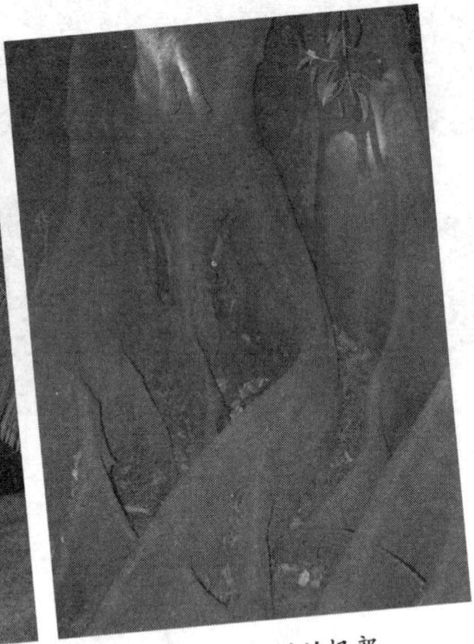

随处可见的百年老树的根部

百年老树又逢春

私宅一角

机场候机厅简单得像居民楼

从里约热内卢下飞机，出机场时我发现该机场候机厅简单得像个居民楼，没有国内气派的大楼房、大候机厅、大门楼。仔细想想，飞机场不就是飞机起降之用吗？要那么大有何实用价值？

从飞机上看里约城

贫民窟有点像风景区

当导游指着一片片红瓦绿墙告诉我们说这是贫民窟时，我们有点儿不相信，那房子的建筑风格、色调及环境的卫生程度都并非我们想象中的那样。我提出去看看贫民窟中贫民的家庭生活，遭到了导游拒绝。因为这里很重视人权之一的隐私权，贫民的破屋风能进，雨能进，国王不能进，更不要说其他陌生人了。这是没有协商余地的。

里约贫民窟一角

巴西竹之一

巴西竹之二

巴西竹之三

巴西竹之四

里约耶稣山

耶稣山上的耶稣雕像

里约耶稣山高 710 米，山顶塑有耶稣像。耶稣像始建于 1926 年，是法国人塑的头与手（当地人塑不好，因为塑人像头与手的技术含量最高），身体由巴西人自己塑造，然后用直升机将之吊上安装。此像身高 38 米，底座 8 米，1926—1931 年五年完成。耶稣山的不凡之处在于它坐落在城里，是个城里的森林公园，而且是全世界最大的森林公园。这里的环境保护得真好啊，到处是绿树葱茏，鸟语花香。记得我第一次去欧洲，在荷兰的阿姆斯特丹下飞机时，看到地上一望无垠的绿得让人不敢相信的草地，天上蓝得让人不敢相信的天空，真不敢相信这是在人间。耶稣山

耶稣山对面的面包山

里约海滩夜景

下的瓜纳巴拉海湾是世界著名海湾之一，细白的沙滩上到处是惬意休闲的人群。

里约海边风光

治安出奇地好

从国内媒体报道及旅行社的告诫中，我们对巴西的治安诚惶诚恐，以致我早晨到海滩散步时不敢带相机。结果从多个方面我们得出的是相反的结论，即那里的治安很好：一是我们先后多次坐飞机托运行李，在机场取行李时从未有人抢行李票；二是巴西人不知防盗门、防盗窗为何物；三是巴西的街头商店就用布或塑料盖一下也没人看，更没人偷；四是街上的金店门面只有一层薄薄的玻璃，夜晚也没人看护。

椰子当水喝

里约盛产椰子，价格便宜，相当于我们这里的 5 角至 1 元一个。我历来视椰子为上苍对热带人的恩赐，煤为上苍对寒带人的恩赐。试想上苍的安排是多么奇妙啊，热带人们干渴需要水多而盛产椰子、瓜果，寒带人们寒冷而多产煤炭以供人取暖。作为人类，如果不对上苍心存感恩之心，那他真乃无情、无义、无智之人。

椰风海韵之一

椰风海韵之二

椰风海韵之三

不想太多，反正我难得来此低纬度盛产椰子的地带，一定要先喝为快。一行五六人都想喝，我先去买了几个。他们有的还没打开，我的那一个已喝完，问：还有人要吗？大家都回答不要，我一下又买了两个，三个椰子下肚，感觉特爽。一位同行者调侃我，再喝我请客，我说好。他说你先喝我付钱，我又悠然地喝了两个。次日清晨，我一改清晨喝两杯水的习惯，洗漱后匆匆赶到海滩喝了两个椰子，不久一位同行者来了，我们又一人喝了两个，好不惬意。

南美工艺品之一

南美工艺品之二

南美工艺品之三

旅游购物不明智

我一直坚持旅游不购物的原则，尤其是在国内，有时在国外我偶尔也会买些既便宜又好带的邮票之类的文化用品。别人在购物时我都在车上睡觉、读书、整理游记，有时候也会同司机、行人、翻译聊天，了解他们的生活或政治、经济、文化、教育制度。

为什么旅游购物是不明智的呢？一是不是急用之物；二是景点的东西比市内居民消费的东西普遍贵，有时同样的东西可能贵几倍甚至十几倍；三是长途携带东西易损坏；四是长途携带背运付出的人力成本太高；五是由于不急用，好多东西往往买回去就被闲置甚至遗忘，以致从没用过或时间长了没法使用；六是将心思花在购物上必然会影响你旅途中的欣赏风景、增长见识等。

南美工艺品之四

重闲不重钱

这里的人将有闲看得很重要，认为如果有闲与有钱不可兼得的话，宁愿做一个有闲没钱的穷人，也不愿做一个有钱没闲的富人。在这里的沙滩上、公园里、草坪上、森（树）林里，到处是

悠闲的南美年轻人

休闲的人们。当然，当地人是享受闲暇（运动、读书、讨论、晒太阳、思考、独处等），而非闲散（睡觉、看电视、打牌、闲聊等）。他们不是将独处视为孤独，而是将其当作有个性、有深度的表现，把独处上升到了欣赏孤独、品味孤独、享受孤独的境界。这里的人不羡富，再富再贵的人也没人去巴结他们，认为他们为身外之财牺牲了太多的闲暇时光与人生乐趣，不值得，也不明智。

悠闲的南美老年人

早过了对财富的欲望期

街头售卖的漫画

这里的人个个生活得简单，重视闲暇时光及生活的品质，不爱财、不慕财、不贪财，别人的富贵好像与己无关，相反认为许多有钱人活得很累，活得负担重，活得没有生活质量，从而看不起他们。人们发现有钱不等于有生活质量、幸福指数高，而金钱在幸福指数中只占五分之一左右，而且到了一定的时候便成了水平线，即只有在衣食住行没保证的情况下，财富的增加才能增加幸福指数，在衣食住行有基本保证的情况下，财富与幸福便没有直接关系，增财不再增加幸福指数，即在此情况下幸福指数呈水平线。

据了解，这里的人现在追求的是简单、快乐、个性、有闲、有品位的生活，如梭罗在《瓦尔登湖》中所写的那种简约而不简单的生活。其实，他们最早也是“一切向钱看”，在一起总是比谁有钱。当他们明白了钱并不能带来幸福时，便又比别墅、比秘书（美女）、比健康，现在则变成了比简单、比个性、比闲暇的生活，即比生活质量。

街头咖啡馆中为客人助兴的领舞者

生活悠然自信的底层人

在这里我见到了建筑工、擦鞋工、补鞋工等，包括乞丐，但在他们身上我看到的不是底层人士的自卑、肮脏、猥琐，而是干净、整洁、自信。就连街头行乞之人也多是通过卖艺等劳动形式乞讨。

街头乞丐之一

街头乞丐之二

街头擦鞋人之一

街头擦鞋人之二

封闭严格的建筑工地

换巴币的感悟

为买零用品方便，我向导游兑换了13美元的巴币，以1∶1.8的市场价算，应是23.4元巴币，翻译给了我24元，而我错误计算成了25.4元，认为导游少给了我1.4元。如果说了又担心人家说我小气，不说又觉得吃了个哑巴亏，心里好一会儿不舒服，倒不是因为这1元多钱，而是因为这导游占人便宜连句话也不说，可能想到我不会算账……说还是不说让我考虑了好一阵子，也不舒服了好一阵子，突然明白是自己算错了，人家还多给了6角，心中真是感慨万千。将人往坏处想的思维真是害人不浅，如没明白过来的话，肯定会因对导游有看法而导致同她的关系变得紧张，从而影响旅行的心情。

为每一个战死的士兵立碑

我们去参观了巴西的二战博物馆。在二战中巴西共派了 2.5 万人参战（参战较晚），阵亡了 453 人，巴西政府为每个阵亡战士立了碑。另外，阵亡的将军也与阵亡的战士相同，一个生命一个名字，显示了生命的平等。这不由使我想起了欧美等国为在战争、矿难、灾难包括“9·11”事件死亡的人都立了碑，这样做一是显示对生命的尊重，二是显示出生命的平等，三是表示对亡者亲人的尊重，至少吊唁时也有个名字可寻吧。

刻有阵亡战士名字的二战士兵纪念碑

二战士兵纪念碑旁的雕塑

二战时用过的大炮

锻炼是人们的生活常态

我们所到之处，让我感慨最深的是体育锻炼是当地人们生活的常态，无处不有，无处不在。无论是在大街上、公园里，还是在沙滩上、树林里，到处可见进行锻炼的人群。不仅锻炼的人多，锻炼方式也多种多样，以跑步、骑自行车、跳（街）舞为主，打

海边跑步

沙滩排球，游泳，练器械、滑板、瑜伽等的也不在少数。用当地人的话说，体育锻炼不仅是一种生活方式、一种生活品位、一种生活质量的表现，更是一种朝气、一种智慧、一种远见。政府当局或民间组织每逢星期天、节假日，尤其是重大节日，都要举行各类体育比赛，参与的、观看的、呐喊的无不热火朝天。

进行器械锻炼的老人

练滑板的青少年

街头漫步

沙滩排球

骑自行车

无处不在的体育场馆

南美洲诸国虽不发达，但有个鲜明特点，即人们重视体育、重视健康，认为健康是人生最大的财富，是人生最大的成功。在南美，我们所到之处，包括宾馆、公园、森林、居民区等到处都有体育设施，既有投资不菲或占地巨大的足球场或游泳场，也有花钱不多的篮球场、沙滩排球场，以及随处可见的简易健身器材

阿根廷足球场

等。这里没有专门培养运动员的各类体校，运动员更多的是体育爱好者。他们从孩童时代起就与体育运动结下了不解之缘，节假日去得最多的地方不是商场而是体育场。体育已成为他们生活中不可或缺的一部分，可谓真正融入生活，融入生命。

从飞机上远眺阿根廷足球场全景

随处可见的足球场之一

随处可见的足球场之二

随处可见的足球场之三

贝利的脚印

足球馆的人气胜过大商场

来到巴西等国，有个感觉就是体育场馆的人气旺盛，胜过国内的大商场。反之，这里的商场则是冷冷清清的。我们来到巴西贝利足球馆，这里可谓人头攒动，摩肩接踵。馆内陈列有贝利等球星踢球的照片，以及他们每个人的脚印。我们每个人都去踏了踏贝利足球馆里的脚印，不踏不知道，一踏才知贝利有多强壮（因为脚是人的身材的缩影），包括我这穿44~45码鞋的脚，放在他的脚印中也显得很渺小，大有小鱼游西湖之感，可见我们的身体素质与他的差距之大。

街头随处可见的踢球儿童

足球是男人的第二生命

阿根廷、巴西等国的男人从小就爱足球、痴迷足球，几乎每个男人都有自己支持的足球队，即使不踢球的男人也有自己支持的球队。这里的男人挣钱后的第一消费就是买球票，没钱时也要想方设法存钱买球票，把看球看得比衣食还重要，宁肯几顿饭不吃也要看球。我拍了张三人在墙边看球赛的照片，可惜由于镜头不清晰没法洗出来。这里的人由于福利好，看病、养老、子女上学、衣食（有最低保障）均无忧，对权力不感兴趣，对物质生活要求低，就是对球，尤其是足球有兴趣。

自行车的三大用途

我跑了许多国家，发现自行车在不同的国度有不同的用处，在一些落后地区是运输工具，在中国等发展中国家是交通工具，在发达国家是健身工具。因此，这里的自行车不是交通工具，而是健身工具，为此政府专门开辟了专用自行车道，以保证自行车健身者畅行无阻。

专为市民健身开辟的专用自行车道

网球手原是卖菜小贩

久未运动，我见宾馆的网球场有人在打网球，便比画着（语言不通）想用他们的拍子打一会儿。其中有个三十几岁的男人打得很好，动作娴熟，谈吐不凡，待人谦恭，彬彬有礼，很有绅士风度。想起网球是仅次于高尔夫的贵族运动，心想此人定有来头，起码是个中产阶级。没想到我次日早晨转市场时，竟见他在卖菜，若不是他拍我的肩膀，我根本不会将网球高手同一个卖菜的小贩联系起来。从这件事我有三点思考：一是该国平民包括底层人民的生活质量、生活品位都很高；二是其国民素质较高，一个卖菜的对运动、对网球尚如此投入，言谈举止又如此高雅，可见素质不俗；三是在该国幸福的生活与收入关系不大，卖菜的小贩照样可以过得优雅健康有品位。

走进伊瓜苏

我们乘机飞到世界著名大瀑布所在地伊瓜苏（即中文大水之意），想到即将看到如此名胜，心中难掩一阵激动。在机场接我们的翻译是祖籍中国台湾、在巴西出生成长的张小姐，她性格乐观、待人热情、知识丰富，给我们留下了良好的印象。

伊瓜苏大瀑布是世界上最宽的大瀑布，宽 2500~3000 米，

伊瓜苏国家公园大门

伊瓜苏大瀑布之一

也是世界五大瀑布之一。伊瓜苏瀑布坐落于占地 18.5 万公顷的伊瓜苏国家公园内，公园里到处是原始森林，只有人行道边有极少数的次生林（凡被人动过的，哪怕只动过一点点的都叫次生林）。伊瓜苏瀑布的出现，完全是环保好、生态好的结果：一是良好的生态才有丰沛的雨水（水源），二是地球形成期的岩浆波形成的垂直落差长久地保存了下来。这二者一起形成了伊瓜苏大瀑布。

伊瓜苏大瀑布的壮丽美景，使得伊瓜苏这个只有 32 万人口的城市每年接待游客近 200 万人。

伊瓜苏大瀑布之二

伊瓜苏大瀑布之三

伊瓜苏水电站

我们参观了除新建的三峡之外世界上最大的水电站伊瓜苏水电站，它现在仍然是发电量全球第一、经济效益全球第一、环保指标全球第一的“三桂冠”拥有者。这里的大坝坝高 196 米，宽 7796 米，每个闸门达 300 吨，相当于一架波音 747 的重量，一年有一个月的泄洪时间。我们有幸“三个赶上”：赶上了夏季的储水量最高期（水面更壮阔）、晴天和泄洪期，且正赶上泄洪，那溅起的水花高达 200 多米（超过大坝），真乃壮观，真乃惊人，真乃人间奇迹。

全球发电量第一的伊瓜苏水电站全景

泄洪时的伊瓜苏水电站

会见议长

上午，我们去会见伊瓜苏市议长卡罗·卜调，因为他是“五五工作制”，即每周工作五天、每天工作五小时（上午9点到下午2点）。议长是个约有50岁的干练、消瘦的秃顶老头儿。听翻译讲，这里的官员多是消瘦型体形，原因有三：一是官员身体肥胖要受公民及媒体指摘，认为你吃得多，有的还要定期公布官员的体重。二是官员身体肥胖是无节制、没品位、不智慧的体现，因为在当今物质丰富的现代社会，身体瘦是理性、智慧、节制的象征。三是官员身体肥胖是没能力的体现，肥胖是没能力管住自己的嘴不会经营身体的具体表现，一个管不住自己嘴的人，还能管得了什么？再者一个连自己身体都经营不好的人，还能经营好什么？更不要说一个市、一个国家了。故这里的官员都忌肥胖，公民也反感肥胖的官员。

议长同我们的交谈中表现出以下几个特征：干练、简练、老练。另外，他谦虚、友善，举手投足、言谈表情无不令人舒服。想想也是，他是从千千万万人中选出来的，是全市乃至全国的精英。与之交谈时，我发现议长还有一个特点：凡同我讲话，只要是较长一点的发言都是站起来讲的。我认为官员站着讲话有两大好处：一是显得对对方尊重，二是避免他只顾满足自己的语言欲而“坐着讲话不腰疼”（站久了他自己也受不了）。

市（州）长如何决策

了解了他们的决策过程，真使我们大开眼界，也使我们意想不到。其决策只有政策，没有党委，无论执政党还是在野党与政事均无关系，故政府的决策包括一切军事、政治、经济、人事等大事。

其决策大致有以下几大特征：一是有法可依，不同的国家、州（省）都颁布有行政决策法。二是法律中有决策失误罪，不按法定要求决策或决策有重大失误者不仅要引咎辞职，而且还要追究其刑事责任。三是行政长官个人权力很小，如1万元以上的开支都要通过一定的会议公开决策，在开市长（部长、局长）办公会、议员办公会和选民会时，行政长官只扮演主持人的角色。四是程序极为严格，法定会议的前一周至少是前三天要在互联网、电视、报刊等一切可用媒体上发布公告，告之全民会议时间、需要决策的内容、决策方式等。五是允许市民及媒体参加旁听（除国家军事秘密外）。六是事关民生等重大决策要么全民公决，要么（辖区内的）全民公示，如果有一定数量的反对者，就要推翻原有决策重新进行决策，甚至还有因决策失误或专制独裁导致官员及这届政府下台的。写到这里，我想起了前任美国总统小布什的一句话：政府的墙应是玻璃做的。

厕所中的学问

这里的厕所与国内有三大不同：一是不像我国分男左女右；二是这里的男女厕所的大小、蹲位等都相同；三是没有开放的蹲位，凡蹲位都是封闭的。另外，还有两点值得说明：一是这里男女厕所的标注也别出心裁，有的标树与花，有的标箭头与衣饰，有的标烟头与高跟鞋，等等。二是有的男女厕所共用一个门，或男从女厕走，或女从男厕走。男从女厕走倒没什么，女厕的蹲位都是封闭的；女从男厕走我们有些不自在，正在站着方便时，时有女郎从身后走来走去，真的有些不知所措。

看桑巴舞表演

桑巴舞是巴西的国舞，如中国的京剧、阿根廷的探戈。我们每人自费 100 美金（约 700 元人民币）去看了场桑巴舞表演，场中无处不表现出巴西人的热情、奔放、乐观、开朗，尤其是激情。听翻译讲，桑巴舞就代表着激情，激情也是巴西人重要的民族性格。

在看桑巴舞时有三件事使我感触很深：一是现场的秩序好，即观众的修养高。无论进出场，还是中场，没有接打手机的、大声讲话的（更别提吵嚷的），也没有来回走动的、随意站立的，可见其国民素质之高。二是中国人性格缺陷的暴露。其中有一个节目，是主持人根据各国来宾的情况，用各国语言对各国来宾问好，呼唤并邀请同台表演，当问到“中国的”时，出现了“三个没有”：没有人应答，没有人拍手，没有人上台表演。当时我正在后场忙着摄影，我想去时（哪怕是出丑），又听在喊另外国家的人，也就作罢了。三是中场我渴得受不了，就到场后卖饮料处买饮料。由于语言不通（葡语），我比画了半天，人家也不知我要干什么，我指指嘴，又指指饮料（离得远我指不清）也不行，我只好作罢。但实在渴得太狠了，活人也不能让水渴死啊，我就等人来买时我指着买那一样的。因为这里买饮料都是嘱咐侍者送去，我等了好久好不容易才等来了一个人，忙“啊啊”地指着要了一杯——我可算知道哑人的痛苦了。

桑巴舞女

机场不验行李票

南美洲之行，我先后坐了不下十次飞机，有一点我很纳闷：我们取完托运的行李后，从来没人验过我们的行李票。开始一两次我以为他们玩忽职守即验票人偷懒，可次次都没人验票，我先是思考，后是惊奇，再是敬佩。这说明此处无须验票，即从来没有发现过乱拿、偷拿行李箱的事件，试想如果经常丢失行李箱，他们不验票才怪呢。

商品任何时候都可调换或退货

场内的绿化

在这里买商品，无论你用多久、是否破损，只要你说不满意、不合适，商场都可无条件调换或退货。商场不但不会同你争吵、打官司，反而会一个劲儿地向你赔不是，说自己服务得不好、介绍得不细。为此，我专门花时间问商店老板，发现这样无赖的顾客怎么办？不生气吗？她很平静地告诉我：人的素质不一样，上帝对坏人（低素质的人）的最大惩罚，就是让他变成那种人。成为那种人他们已经够不幸的了，我们应做的还是宽容。另外，无论高素质顾客还是低素质顾客，都是我们的顾客、我们的上帝、我们的衣食父母，我们都应予以善待、理解和尊重。

进入阿根廷

巴西街头女郎之一

我们是从伊瓜苏国际机场飞往阿根廷的，说起伊瓜苏的国际机场，和里约的机场差不多，简单得不能再简单了，大门也顶多像个宾馆大门，里面的候机厅面积很小，只有我们省会城市候机厅的十分之一左右。想想还是人家务实，机场只要能供飞机升降、旅客出入便好，要那么豪华、那么气派、那么高大又有何用呢？

出机场进入阿根廷后，感觉同巴西不一样，好像空气更加清新，路上的草更绿，天更蓝，其实我知道这是心理作用，即人求新、求异、求变的劣根性心理在作怪。两国的空气、环境都被保护得很好，区别并不大，但有一点区别，阿根廷街头的美女没有巴西多，在巴西街头随处可见美女，且高矮胖瘦各有风韵。

巴西街头女郎之二

巴西街头女郎之三

这里人的笑容特别多

所到之处总是看到人们的微笑，无论是独处还是群居，无论是对熟人还是对陌生人，人们都笑靥如花，可以说笑是这里人生活的常态。如同一位美学家所说：笑是人类心灵的花朵。因此，我也学会了见人多笑笑。

电视台的男女主持人

随处可见大胆的情侣

幸福之家

分析他们爱笑的原因，一是社会福利好，无后顾之忧。他们看病（无论多大、多重的病）个人不用掏一分钱，小孩无论上什么学（除私立大学外）个人不用掏一分钱，社会最低保障约合人均每年 2 万多人民币，足以使最穷的人过上衣食无忧的生活。二是注重生活质量，尤其是注重每一天的生活质量。三是社会治安好，不需处处提防坏人或担惊受怕。四是人们相互间都很友善、信任，童叟无欺。五是人际关系简单，干什么不用求人、不用送礼、不用走后门，只需用心过好生活即可。试想一个人生活在衣食无忧、人人友善、关系简单的环境下，你想不笑都不可能。

人们之间互相信任

有两件事说明了人们之间的互信程度：第一件事发生在伊瓜苏机场。候机时有对夫妻的包在离他们座位很远处，但他们丝毫不担心。我们见有空座便坐下了，包就在我们脚下，即在我们的控制之下，加之我们行李多，将之隔离了他们的视线，他们也没有一点儿反应，我以为他们忘了。由于语言不通，我也没同他们打招呼，我看是个很豪华的包，心想他们也不会忘的，应该是相信我们不会动他们的包吧。果然，直到半小时后他们要登机了才来拿包，且笑着向我们点头示意。第二件事是在另一次候机中。旁边坐的一位客人有两个包，他向我指指又向厕所方向指指，我估计他可能想上厕所让我照看一下，遂点点头。他走了十几分钟才回来，这在国内简直是不可思议的事。当然，这不仅说明人们之间很友善，相互很信任，而且还说明这里治安很好。如果经常丢包、丢东西或盗窃案件多，人们才不敢如此对待自己的行李呢。

信任的社会

信任，可谓是世界上最珍贵的财富。在这片陌生的土地上，我们随处可见这个人世间最好的财富：一是从官员到民众的话几乎没有不可信的，别人说啥你信啥，根本不需要你分析或留心。二是很多合同要么不签（口头的），要么签得很笼统，合同违约率、诉讼率很低。三是根本不需带工作证、身份证，你说是什么身份从没人怀疑（即从没人说过假身份）。四是你拿用过的、用坏的东西去售出商店换，人家也从不怀疑。五是从住户门到商店门都很少上锁，且多是玻璃门。六是可以找陌生人借钱、借汽车等贵重物品，你说何时何地还就行，根本不担心你是骗子。七是在火车站、机场等人员流动性强的场合，你可放心地将行李交给陌生人看护，绝不会不翼而飞，这里甚至还经常出现为帮陌生人看护物品而自己误机、误车的情况。

陌生人社会

陌生人社会，即干什么都不用找熟人、托关系，是真正的法治社会，一切按规定、规矩办，一切在规则内做事情，哪怕是自家人在那卖票，老父亲去买票也得排队，否则便会视为卖票人及买票人（老父亲）的耻辱。另外，如果你这样做，素质高的国民及法治程度高的社会，尤其是高度自由的媒体，会让你这个公务员及你所在的党派、团体声名扫地，相关人员也得因此引咎辞职，故也没人敢这样做。

陌生人社会的具体表现如下：一是干什么事不用托熟人，都会得到最佳效果，都会按规定一是一、二是二地办好，生人熟人一个样。二是这里几乎没有审批环节，除了不能生产毒品，从枪支到导弹个人都可生产，只要你遵守有关生产的规定，也没有去找熟人即找关系的必要。三是找熟人反而会引起办事人员的警觉：这个人或这件事肯定有问题，否则他找什么人？我得好好查查。

四是他们对陌生人很友善、很热情。五是我们去森林或偏远地方游玩时，常有人在路边放吃的东西给陌生人，一边放一个碗或盘子，让陌生人随意留钱，当然也可以不留。六是我们走在无人处常有陌生人来跟我们说话，翻译告诉我们，是人家怕我们迷路，问需不需要帮助。七是可随时走进任何陌生人的家里吃饭喝水。

分析形成陌生人社会的原因：一是国民素质普遍较高；二是健全的法制；三是党派及媒体无处不在的监督，使各级官员、公务员不敢有半点儿怠慢陌生人或徇私舞弊之举，如有会立即被曝光，立马下台，可谓得不偿失；四是有以找熟人办事为耻的文化传统。

这里没有陌生人

为什么这样说呢？因为这里的人和人之间都很友善。人们如果需要陌生人的帮助，除力不能及或其他特殊情况外，一般不会遭到拒绝。我为了深入了解异国的情况，常一个人在外面转悠，转悠到找不到回来的路时就拿着房卡打出租车。一次我伸手拦了一辆车将我送到宾馆，他不收钱，我大惑不解，那司机急得下车指了指车顶，原来该车没有出租车标志。后来得知，这里的私家车只要有人招手都会无偿将陌生人送回家，因为互帮互助成了人们的习惯。其实，天下本没有陌生人，因为陌生人无非是过去没见过面的朋友。这里陌生人之间相互友善、信任的原因：一是人们有信仰，认为都是上帝的儿子，值得信任及友善。二是文化使然，他们是基督教文化，基督教的爱是博爱、平等之爱，不仅爱亲人、熟人，也同样爱陌生人。三是治安好，陌生人之间较少有欺诈、伤害的案件发生。四是人与人之间的友善成了人们的习惯。

禁烟力度大

我们所到之处很少看到公共场所有吸烟的人。无论是商场、机场，还是饭店、宾馆，从没看见有人吸烟。经了解原因有：一是当地人的素质较高，公德意识较强；二是罚款力度大，公共场所吸烟最高罚款相当于 5000~10000 元人民币；三是人们的保健意识强，吸烟被认为是人类三大自戕行为之一（另两种是喝酒、吸毒），是被人不齿的、不自爱的行为；四是这里的媒体不允许播放吸烟的镜头（更不允许做广告）。人们只有在吸烟室，或在看得见天的地方（即野外）才可吸烟。我们在野外也没看到有人吸烟，据了解这里的人大多是有修养的人，他们是不在能见到人的地方吸烟的。

走进布宜诺斯艾利斯

我们晚上住在了布宜诺斯艾利斯。这个名字，因为几十年前的阿英马岛之战我们很熟悉。记得当时收音机天天报道布宜诺斯艾利斯的情况，那时我们对强英有偏见，来此才了解到那次英军的侵略，才推翻了阿根廷独裁军政府，使阿根廷走上了民主法治之路。

布宜诺斯艾利斯是欧洲人首登此地时感觉到这里的空气很好而取的名字，“布宜诺斯”即很好之意，“艾利斯”即空气之意。布宜诺斯艾利斯市只有 300 万人（阿根廷全国有 4000 万人），但周边卫星城市有 1100 万人，即全国三分之一多的人口住在首都。但由于其注重建卫星城市，虽然是 1400 多万人的特大城市，却没有我国大城市的人口拥挤、空气污染、交通阻塞。该市不仅交通好（我们从没遇到过堵车），而且绿化也特别好，如同巴西的城市，也是城市在森林中，森林在城市中。

街道以日期命名

布宜诺斯艾利斯市最宽的大街是7月9日大街。这里的街道不少是以日期命名的，如巴西圣保罗市区中心大道叫5月23日大道。如此命名可能一是简便，二是好记，三是便于与发生的事件产生联系。如7月9日大街，就是为了纪念在1816年7月9日那天许多爱国之士为了国家的民主独立而在此举行游行的可歌可泣的事迹而命名的。因此，布宜诺斯艾利斯市这个最宽的大街成了人们民主集会、游行之地。

会见阿中友好协会会长及全国妇联负责人

我们这次的公务活动之一是会见、访问阿（阿根廷）中友好协会及阿方全国妇联负责人。到布宜诺斯艾利斯市的次日中午，

阿根廷全国妇联负责人依沙维革拉姆

我们如约来到了全国妇联办公地，接待我们的负责人名叫依沙维革拉姆，是个干练、友善、身材高大的女性。她向我们介绍全国妇联的主要任务是帮助妇女进行权利维护，使她们不受男人暴力侵犯，制定或协助制定有关政策、法规，以及督促每个省（这里也有省，是国家、省、市三级政权，市为基层组织）执行有关政策、法规。她也属公务员，工资及费用都由国家拨款。

阿中友好协会会长是个慈眉善目的老者，名叫吉列卡斯蒂略。他虽是民间协会组织成员，但是同官员一样，同我们说话也是起身站着说，可能是高素质、好习惯或受官员影响之故。

阿中友好协会会长吉列卡斯蒂略（中）

官员讲话不念稿

与当地官员接触多了，发现他们有个特点，即不管是开什么会、见面说什么事，不仅都是站着说，而且不拿稿、不念稿。分析他们讲话不念稿、不要稿的原因：一是官员多是演讲家，都是经过无数次竞选演讲锻炼出来的。二是多是有真才实学之人，因为他们是精英选拔体制，而精英的一个特点是会说，正如一句格言所说：人才不一定会说，会说的一定是人才。在当地不可能出现连稿都念不好、句都断不好的人去做官，甚至去做很大的官。三是社会、反对党、老百姓也不允许你照稿念，如果那样马上媒体一片热，百姓一片骂，反对党一片声讨，让其威风扫地。四是官员所在的党派也不允许念稿官员去当官，因为那样损害这个党派的声誉，对该党成员在下次选举中取胜将大大不利。

街头餐馆的迎客雕塑

雕塑之城

布宜诺斯艾利斯市还有个别称叫“雕塑之城”，即城内雕塑多，可以说雕塑无处不在，移步皆雕塑。雕塑有大有小，有好有差，有新有旧。这里雕塑多，一是显示出这个城市的文化品位、艺术品位；二是便于人们休闲、休息、生活；三是艺术之风还可唤起人们对艺术的追求，而艺术修养又是一个人幸福指数、生活质量、个人素质的重要组成部分。故这里的人素质高，生活得有品位、有质量，幸福指数较高。虽有多种原因，但与这里的艺术氛围熏陶、人们对艺术的追求是分不开的。

正义女神雕塑远景

正义女神雕塑

第一个与殖民者结婚生子的
土著女人像

城市雕塑之一

城市雕塑之二

具有巴洛克风格的雕塑

解惑雕塑

开拓者群雕像

女人街的大桥桥墩为高跟鞋跟形

烤牛肉馆的牛雕塑

探戈之乡

阿根廷被称为探戈之乡，在布宜诺斯艾利斯的街头，我们随处可见有人在跳探戈。一组乐队，几个乐手，行人之间无论认识与否就在街头跳了起来，围观的人不时发出喝彩声。据了解，探戈最早源于这里的码头工人无聊之际的一种摔跤游戏，即按肩勾

街头探戈之一

腿摔跤以等船或消磨时间。由于许多酒吧女郎白天无生意，很寂寞，也想加入，而同女性摔跤对这些受欧洲绅士尊重女性文化影响的拉美人而言，是不会接受的，遂演变成了既有摔跤动作，又有舞蹈动作，又有与酒吧女调情动作的探戈舞。街头不仅跳探戈的多，乐队也很多，经常有几个人在街头弹唱。

街头探戈之二

街头探戈之三

医生素质高

将医生称作白衣天使、上帝、救星，在这里一点也不为过。这里不仅医保好，全国任何人包括在此暂时居住或旅行的外国人（哪怕是偷渡来的人），也一律看病吃药不收一分钱，更重要的是这里医生的素质超乎我们的想象：一是道德素质高。有许多医生帮助有困难的病人买东西、看孩子、献血。二是人文素质高。许多医生不仅有医学院的学位，还同时修有哲学、心理学、社会学、教育学等人文学科的学位。三是医生多有同情心。同情心是人性的基础，也是道德的基础。这里的病人在病痛难忍或死亡时，多有医生在一旁掉泪或哭泣。四是真正视病人为上帝。西方医生鼻祖希帕克拉底斯的誓言“我将尽我所能为病人服务，减轻他们的痛苦为我的天职”在这里体现得最为明显。

为医生的责任及病人的权利立法

这里的许多国家或州都为医生的责任及病人的权利立法，而且关于此的法律条款还都不少。他们为什么这样做呢？一是认为医疗权是人权之一，是基本人权，医疗权得不到保障，人权就是一句空话。二是认为医生道德是社会伦理底线，如果医生没了伦理底线，那么这个社会的伦理底线就崩溃了。三是病人在医院时是最脆弱的时期，如果这时得不到医生尽职尽责用心的呵护，不仅会失去对社会的信心，而且会失去生活的信心。

关于医生的职责与病人的权利的立法，各国各州尽管内容不同，但以下几点是基本相同的：一是医生应尽的医疗职责，如及时抢救，不得接受任何回扣、礼物、现金、吃请；对病人的一切要求都不能回避，对病人或求助人有救助的义务等。二是对病人的精神职责，禁止对病人精神虐待，将呵斥、粗鲁、居高临下、打断病人的话、夸大病情、冷漠都视为精神虐待，不仅要处以职业处罚，还要处以巨额罚款及刑罚。三是人文职责，要求将病人作为人而非消费主体，作为必须尊重的对象而非施舍的对象，要求医生必须修人文课，如哲学、文学、心理学、美学、社会学等，还要具有解答病人这方面问题的责任及义务，因为疾病绝非仅仅是生理因素或心理因素引起的，更多的是社会因素引起的。另外，还规定了许多病人的权利，诸如处方复印权，手术录音录像权，查阅病历、复印病历权，咨询权，听证权，以及享有对医生的过错推定权，即一切医疗事故、侵权和不尽职尽责的现象，均对医生进行有责推定，由医生举证自己的清白。

流行请私人心理医生

这里与我国不同的一个地方是习惯或流行请私人心理医生，即私人心理咨询师。其实这也是将健康视为人生最大财富的具体表现，更是人生智慧之举。因为健康是人生一切幸福之基，健康虽不能代表一切，而没有健康就没有一切。贫穷和富有、幸福与痛苦都在一场病之间，即在疾病与健康之间。而心理健康不仅决定了 80% 的生理健康，即 80% 的生理疾病因心理疾病而引起，更重要的是心理健康还决定了你人生 80% 的幸福、80% 的能力。因此，智慧的民族无不重视心理健康问题。

他们请私人心理医生的方式很多，一是随叫随到的年薪制，这一般多是有钱人采用的，其又分为专属制和共有制。二是承包制，即每年电话或面约多少次，由双方协商。三是松散制，聘你为我的心理医生，有基本底薪，我不再找别人，但薪酬需要根据次数或服务另行协商。

众多的睡眠医院

关于医院，这里存在着“四多”：医院多、动物医院多、睡眠医院多、牙科医院多。

据了解，他们国家非常关注睡眠问题，即心理问题（如你经常失眠或睡眠不好，你一定要看心理医生了）。这里每个城市都有一至几家专门治疗睡眠问题的睡眠医院，其中的医生既精通生理医学知识又精通心理学知识，他们会给患者以最科学的治疗或指导。我们参观睡眠医院时，发现走廊上还贴有指导睡眠的宣传页，其主要内容包括床要南北放（以和地球吸引力相等），睡眠时不能有亮光（影响人体免疫力的重要组成部分褪黑素的产生），不能高枕，睡前不喝咖啡、不交谈过长、不运动，不久看电视，定时上床起床，超过半小时睡不着不再睡等。

牙医最吃香

在这里最体面、收入又高的职业有两个，一个是律师，一个是牙医。在法治国家律师地位高、收入高是必然的，因为这样的国家一切都纳入了法治轨道，一切问题也是靠法律来解决。而牙医地位高、收入高，同样也是文明、理性的表现，因为人们重视牙齿（口腔）保健。牙齿保健受重视的程度表现如下：一是大部分人尤其是白领们都有自己的私人牙医（这里牙医、律师、心理咨询师、营养师多是私人自己聘请且较普遍）；二是牙医收费高，但人们普遍能够接受；三是定期对牙齿进行检查，之后由牙医提出相应意见并进行治疗；四是使用牙线较普遍。在这里，人们都很重视牙齿保健，所以只要谁当上了牙医，哪怕一个家庭有一人当了牙医，就会有很高的收入，足以使全家人过上富足的生活。

排队刷牙

在餐厅、写字楼的卫生间里，中午时分我们经常看到有人在排队等着刷牙。开始我们对此有些不解，为什么有这么多的人起床这么晚，其实这是因为人们重视口腔保健的卫生习惯，饭后刷牙。一是口腔健康是人体健康的门户，人体 80% 左右的疾病是口腔不卫生而导致的。病从口入不仅仅指吃的东西不卫生，更主要的是指口腔不卫生，即口腔保健做得不好。二是牙齿是人体的生命线，是年龄、健康的晴雨表。人的寿命大约是你的牙齿大部分缺失或变坏后再活 10 年，另外，牙齿不健康的人大部分没有健康的身体。三是在进食后三分钟内若不刷牙，便会滋生病菌。故重视健康的南美洲人常常排队刷牙，并坚持“三三制”，即刷三面，每天三次（饭后），每次三分钟。他们还坚持用电动牙刷刷牙，以达到按摩牙龈固齿的功用。

动物权益受到很好的保护

这里不仅保护动物权益，有的国家已上升到连植物权益都保护的文明程度。在这里，不准用笼子养鸟（等于限制了它飞翔的自由），禁食禁买卖一切珍稀动物，保护养殖动物的基本权益，如虐待动物、长期限制其天性等都要受到法律制裁。

鸟与人和平相处之一

鸟与人和平相处之二

城市是鸟的乐园

专为鱼开通的鱼道

有专门的遛狗公司

常在街上、公园里看到有人牵着几条甚至十几条狗，遂好奇地问为什么养这么多狗，一问才知那是专门的遛狗公司、专门的遛狗人，他们与顾客约好何时去牵、何时去遛、何时送回。这样做的好处有：一是扩大了就业岗位，每个城市每年可提供成千上万个这样的就业岗位且收入不菲；二是为狗的主人解决了时间紧张来不及遛狗问题；三是有利于动物的健康成长；四是更方便收拾狗粪，有利卫生，职业遛狗人都有专门收拾狗粪的工具，用起来很卫生、很方便；五是更有利于经济发展，让养狗者（多是成功人士）有更多的时间和精力投入工作。

钓鱼、砍树都有法

当地对环境保护的力度值得我们学习。如关于钓鱼，不仅有专门立法（用网捕鱼就更不用说了），而且什么地点钓，什么时间钓，什么类型的鱼、多重的鱼才可拿回家等都规定得清清楚楚。我问有关人士：这执法很难啊，如8两的鱼可拿回家，他拿回了9两的，谁去称啊！他告诉我，这里几乎没有出现过这样的问题。一是公民具有良好的素质，二是公民具有守法的习惯，三是这里的人信上帝，人们认为上帝无处不在，做什么违法的事、坏事上帝都会知道。他们不管人前人后、人多人少哪怕独自一人做事都一个样。

另外，这里的森林覆盖率很高，对森林的保护力度也很大，绝不允许任何人只伐树不栽树，法律规定在不同的地方砍一棵树要栽多少棵树（一般是10倍以上）。我说：“砍一栽一不就行了吗？”“不行！不一定成活，再者砍的是大树栽的是小树，小树的覆盖面积十棵也赶不上一棵大树！”我一听才恍然大悟。而且，就是砍一栽十也要事前申报，有极严格的审批手续，有的还要开展社会讨论、电视公示甚至全民公决。

树倒了也有善意的提醒

水面垃圾清扫机

垃圾处理也有法

在当地所到之处还发现这里很注重垃圾处理，值得我们反思或学习的地方有：一是垃圾实行“三分法”，即将垃圾分为可回收垃圾、生活垃圾、工业垃圾，并在一个垃圾箱里设三块空间。二是凡有可能伤人的垃圾如玻璃等要包装严实，以免划伤垃圾清理工的手或扎到处理垃圾的工作人员以及其他有关人员。三是放射性的垃圾进行特别处理，如旧的电视、电脑等不得扔进垃圾箱，要送到指定地点或联系专人回收或处理。四是将垃圾变为绿洲，就是将垃圾堆放成山状，然后在上面种草栽树，真正做到了变废为宝。

有创意的垃圾桶

街头垃圾清理工

对儿童的保护无微不至

这里的儿童真是生活在天堂里，因为这里对儿童的保护无微不至。一是儿童受到了政府无微不至的关爱。政府对幼儿的教育活动投入多，幼儿的运动设施多、活动场馆多，且开设有专门的适合不同年龄段儿童的少儿电视台。二是儿童受到法律无微不至的保护。法律明确规定少儿应有的各种权益，如何时应同父母分床（1 岁后），饮食的比例，洗澡水的温度，父亲给女儿洗澡的最高年龄（6 岁前），就连父母分居、离婚时的权利保护都规定得非常详细。值得一提的是，法律还明确规定不准父母及陌生人随意接触孩子的身体（当然拥抱等除外）。有一次我看一个黑人小孩长得很好看，想同他照相，其父母很高兴，但当我用中国的习惯摸孩子头时，其父母却如临大敌，连声说："No！ No！"三是教育上科学、合理、轻松。不仅没有我们全国一年一次的高考，而且中小学生只上半天课，基本没有家庭作业，课外活动多，并设有足够多的残疾人学校、教师及设施。四是注重自立独立教育，如不给子女留钱（逼其自立，且他们明智地认为子女成器不需要父母的钱，子女不成器父母留钱等于助纣为虐，等于害他）；子女摔倒父母不拉他们，让他们自己爬起来；摔坏了别人的东西让他借父母的钱赔偿，再做小工去还父母；等等。

可爱的小朋友

孩子的乐园

综观这些国家的教育状况，我有个强烈的感受：生活在这里的孩子很幸福，这里可谓孩子的乐园。一是小学、初中、高中都没有升学压力，任何学校都没有重点非重点之分。他们认为各个学校如同人体的每个部位，都是重点，都不可忽视。各个学校的设施、师资、校舍都各有千秋。二是任何学校都不得公布分数、不得排名，连统一考试都没有，如前面所述连考试时间都是学生自己定，不存在谁学习好、谁学习不好，班内、校内多少名，如果这样做会挫伤大部分学生的自尊心，因为排在前面的只有少数，再者名次又是动态的，不仅低分学生有压力易自暴自弃，高分学生更有压力且易生心理疾病。三是大学月月可考、周周可考，没有一张考卷定终身之说。四是课程学习任务轻，多是半日制，基本没有家庭书面作业。五是顺其天性，即鼓励玩、引导玩，让孩子们在玩中学习、锻炼、运动、提高。六是尊重学生的人格、人权，教师与学生地位平等，这样学生才不受压抑，思想活跃，哪怕是小学生也享有与教师同样的权利。

漂亮的小姑娘

这里没有“家长”

这里的没有“家长”，并非我们想象中的没有父母，而是这里的两三代人之间，无论孩子大小都是朋友关系，孩子直呼父母名、与父母开玩笑被视为聪明活泼而非无礼，孩子顶撞父母也被视为有个性，孩子不听父母的话则被视为有主见。而作为父母，必须要做到像尊重大人那样尊重孩子，包括不得随意进入孩子的房间，不得随意接他的电话，不得询问孩子的隐私，不得干涉孩子交友（只能引导），不得随意翻看孩子的信件、手机、书包等。因此，这里的父母凡事不为孩子做主，顶多是提出建议让孩子参考；说话要蹲下来平视即与孩子的眼睛高度相等才能说，否则被视为居高临下的不平等及没修养或虐待少年儿童，会遭到举报及法律追究；在公共场所不能让孩子在人堆里走，以免孩子只看到大人的腿或屁股而丧失自尊心；洗澡水的温度，孩子的睡眠、饮食等都不能由父母随心所欲擅自当家。

退休年龄比我们大

当地的退休制度与我们不同，即男的65岁，女的55岁退休，并正在讨论延长到男70岁、女65岁退休。一是现在人均寿命长了，平均寿命80多岁，60多岁还正是胜任工作的年龄；二是60多岁的人的判断力、自制力、分析能力、解决问题的能力是人生的最高峰，60岁退休是最大的人力资源浪费；三是减少了国家养老金支出及社会养老的压力；四是有利于老年人的身体健康，因为老年人的许多病都是闲出来的、寂寞出来的。

总统官邸像民房

在从布宜诺斯艾利斯市去郊区老虎洲的路上，导游介绍一处房子说这是总统官邸。这处房子外观看上去与平房无异，但据导游介绍说里面占地很大，绿化很好，并随之讲了它的来历。有个人继承了父母数以百亿计的家产，他突然有这么多钱后，做出了两个决定：一是一生不结婚（可以自由找不同的女人），二是发誓一生将这数以百亿计的钱花完，不留给任何人。这个人最后临死时只剩下这座房子，遂立下遗嘱：捐给政府作为总统居住地，如不给总统住，就捐给教会做慈善事业。故阿根廷历届总统一直住在这所普通的房子里。

街管助人不管人

没想到这里也有街管！我经常见有人在街头巡视，有的穿制服，有的戴袖章或其他标志，一问原来是街管。他们的街管不是管摆摊设点的。这里的街管，一是为了解决就业问题而设（民选官员任内的就业率高低往往是决定他进退去留的主要因素之一）；二是为了方便市民、帮助市民而设，如帮助残疾人过马路，帮助外地人、迷路人指路；三是为了协助警察处理治安或刑事案件等而设。

“总统号”舰船

布宜诺斯艾利斯市的市河上停泊着一艘巨轮，它是 1897 年建造的，1906 年来过中国上海，曾经是总统多明戈·萨米恩托乘坐的“总统号”。这艘百年前的巨轮能够完好地保存到现在，可见造船质量之好、造船技术之先进及当地文物保护意识之强。

到过中国上海的百年巨轮

漂亮的大楼是自来水库

参观了当地的一座自来水库后，我感触颇深。那座大楼是那么漂亮，那么富丽堂皇，让我猜想，想到的一定是政府大楼、文物古建筑、达官巨富之居所或外国领事馆，但实际上它只是个居民用的自来水厂储水用的小水库。这样的自来水库足以说明三个问题：首先是他们将钱主要花在事关民生尤其是与百姓生活密切相关的事上；其次是他们有创意，即创造性，将水库变成大楼；再次是他们有远见，这样更有利于水的消毒、管理及储水设备的维修。

星期天的“空城计”

这里的人特别注意节假日及周末的休息，尤其喜欢到大自然中去。按他们的说法是末等人享受物质，中等人享受“三情”（亲情、友情、爱情），上等人享受大自然，尤其把同家人、亲人、情人一起置身于大自然中视作人生最惬意的事之一。因此，这里的周末城里基本上唱了“空城计”，在街上包括家里几乎都见不到人，星期天商店也不开门。

当地人生活的理性、科学、合理、简约表现在生活的方方面面，比如说节日或婚庆日都选在星期天，如复活节在春分月圆后第一个星期天，母亲节在5月的第二个星期天，父亲节在6月的第三个星期天，感恩节在11月的第四个星期天。这样做的好处有：第一，便于参加的人安排时间或无须请假；第二，不影响或少影响别人及自己的工作、学习；第三，便于安排活动场所；第四，星期日便于牧师及教堂统一安排，节约人力、物力和财力。

专注免遭劫

由于我喜欢一个人背着相机到处跑，而且不分早晚，所以难免会碰到贪财小人。一个星期天的黄昏（这里的城市星期天少有人出来，故偶尔有犯罪行为发生），我正在林间全神贯注地拍摄异国风情，突然感到后颈上有一阵凉意，像水冲击一般。我由于专注拍照没顾多想。回去后翻译一见大惊：“你遭劫了？”我说：“没有啊！”他指着我后颈上的斑迹说：“你肯定去林间鸟多处了，那里常有几个乞儿用芥末做的鸟粪状东西喷到外国游人身上，人家以为是鸟粪，便去旁边水管处洗，他们趁机拿你东西。”我突然想起当时旁边确有一外露的水管，也确有几个形迹可疑的人，这才明白是专注和忘我使我免遭破财之灾。

城市没有工厂

美丽如画的城市之一

我们先后到过许多城市，发现这里的一个特点是城市里没有工厂。因为工厂的污染及噪声对人的健康不利，他们的工厂要么集中规划，要么远离城市，虽然工人们上下班有些不便，但总比自己居住的地方遭受污染要好得多。

美丽如画的城市之二

6000 亩的城市公园

在我们所到之处，我有一个较深的感受就是当地比较重视市民的休闲娱乐设施建设。如布宜诺斯艾利斯市有一座占地 6000 亩的城市公园，里面不仅有各种游乐休闲场所，而且还有田园风光、原始次生森林，还有各种体育场、比赛场地，包括自行车道、跑马道，使得许多低收入或没时间的人不用去郊区、农村，便可享受到优美的田园风光和大自然的气息。

青年人以啃老为耻

这里的青年人以啃老（包括得到父辈的帮助找工作、做生意）为耻辱，他们 18 岁以后再花钱都是贷款，顶多是找父母借，包括上大学。如果父母不这样做，仍给子女钱，子女便会恼羞成怒，认为父母觉得自己没有挣钱能力，即认为父母看不起自己或侮辱自己的人格。

让父母帮自己找工作或买房子更会被青年人认为是奇耻大辱。有的青年人自己的父亲开有许多工厂在外招不到人，自己也不去那里工作，而愿到别人家的工厂里做工。导游告诉我们，他们旅行社的总经理有三家企业、三套房子，他儿子却在外与人合租一间房，在别人家的工厂打工，快 40 岁了还没结婚，也没找对象。但他从不着急，也从不催促，认为那是他儿子自己的事。

百年规划用到今

这里的城市没有宽广的大道、崭新的高楼、气派的饭店、辉煌的车站（机场），一切都显得陈旧、小气。究其原因，主要是他们的规划具有长远性、持久性和稳定性，多是 100 年或 200 年前规划的，至今无人改动——谁也不敢随便改动（官员没权），不能随心所欲或一个人说了算，包括总统。如里约热内卢的规划是 200 年前做的，使用至今，布宜诺斯艾利斯市的规划是 1880 年做的，沿用至今仍然科学合理无须改动。

途中半月未见有修路的

在南美诸国半月，行程至少有数万公里，无论在城市还是在乡村，无论是国际公路、市际公路还是市内的街道，从没有见过一处修路或一处路不好（路面坑坑洼洼、残缺不全）。究其原因，首先是这里修路花纳税人的钱不敢有丝毫违规之处，因为官员花百姓每一分钱都在选民、媒体的严密监控之下。其次是国民素质较高，对公有财产、公共用品或公益事业都能自觉维护和参与，如公路上从没有超载车辆行驶，从没有人为破坏等。

乡间公路之一

乡间公路之二

乡间公路之三

有创意的道路

马路为何高低不平

我留意这里城市的马路与我们国内的马路有三大不同：一是没有我们的宽；二是没有我们的直；三是没有我们的平，尤其是高低不平、左拐右弯很不好看。经了解，马路之所以修成这样，一是为了节约，平地要多花钱；二是尊重人权，不随意拆迁住户，因为直路需多拆房子；三是务实，路能走、够走就行，没必要计较路的弯直、平陡；四是民主，官员不能随心所欲想建就建，想扒就扒。细想起来，还是人家务实、节约、理性。

马路“补丁”及时补

来这里久了，自然走过的马路也多了，对马路的感受也多了。除这里的马路很少有宽阔的（宽阔的马路除排场好看外，更多的是浪费），给我印象最深、思考最多的还是这里马路上的“补丁”。这里的马路只要有坏的，马上补上“补丁”，即只切开一点点，立即补上，从不等坏多了或见到坏了便整条路重修的，连整片重修的也很少，包括总统府、总理府、国防部门前的马路也是如此，如另文提到我们没见过有修路的。给马路打“补丁”这样一个细节折射出当地整修马路的许多过人之处：一是高效，见有坏的，马上在夜间修好（小处好修）；二是节约，修一点与修一片、修一条路孰俭孰奢不言而喻；三是敬业，说明路政人员即公务员很敬业，能及时发现一点点破损及时打上“补丁”。

最美的照片

此次南美之行，我拍了数百张照片，有风景的、人物的、建筑的、文物的、艺术的、生活的等，但我认为最美的一张还是一位老人掀垃圾桶盖子的照片。

我们在巴拿马河的一个支流上往布宜诺斯艾利斯市老虎洲旅游坐游船的途中，由于航行时间相对较长，在船上每人发一杯咖啡、一块面包。人们喝完一次性杯子盛的咖啡，要往前排一位衣

老虎洲一角

着考究的老人面前的垃圾桶里扔杯子，老人为了不让别人弯腰，每来个人他都主动掀起垃圾桶盖一次，大约掀了几十次，从没有不满、厌烦的感觉，反而很高兴、很专注。我见了一连拍了几张照片，并认为其中的一张是我拍的最美的一张照片。

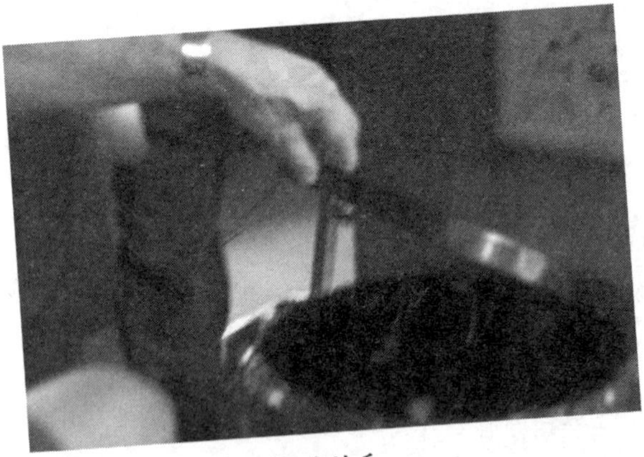

几十次为人掀起垃圾桶盖的手

老虎洲上的售货船

善良热情的南美人

在南美，我经历的几件事让我感受到了南美人的善意与热情：一是我前文中说到的错将私车当出租车，人家还高高兴兴地免费送我；二是我身上被喷上鸟粪后，一路上约有十几个人主动告诉我身上有污物，其中一个老太太在店里发现后追了很远告诉我；三是所有的司机、导游、翻译无不主动帮我们搬箱子、拿东西；四是我在旅馆丢了两次东西都是人家辗转很远送给我，我一个同事的西服丢在车上了，司机帮忙寄到下一站旅游地翻译处，根本没提邮费及小费之事，我们要给，人家也说不要了，后来硬是千方百计寄去。

学生的“修行”

当地中小学流行“修行”，即培养素质、提高生活（生存）能力的社会实践或探险活动。一般是邀请老师或高年级同学（是邀请而非安排，这样做的好处一是尊重人权，二是不减兴趣。试想活动中如有自己不喜欢的人或板着面孔的人参与，那谁还有兴趣），到一定年龄（年级）也可以不邀请，自己组织活动，只要两人以上即可。这种“修行”一般分以下几种形式：一是自助旅游，旅游地不一定是名山大川、名胜古迹，只要是自己喜欢的，哪怕是农村、郊外、名不见经传的山水都行；二是探险，如穿越原始森林、徒步穿越高原、探索河川源头等；三是研究考察，其对象为风俗人情、历史文物、地理形成、怪异传说等；四是社会调查，如调查贫富差距、名人生活、社会热点等；五是打工，可到工厂、农场、企业去打假期工，既能挣钱又增长阅历。

法官有至高无上的权威

在这里，最有权威的人不是官员、族长、科学家，更不是总统或将军、元帅，而是法官。法律赋予了法官至高无上的权力，上审总统、下审百姓，连总统选举中的问题也要找法官裁决。这里的法官之所以有至高无上的权威基于以下几点：一是宪法保障其拥有至高无上的地位，这是法治社会的基本特征；二是大法官不由任何政权、党派、官员任免，除非渎职，否则终身任职；三是司法权独立，不受任何党派、官员干涉；四是经费独立，法律规定每年从税收中拿出一定的比例，任何人不得干涉；五是法律规定做律师（法学院的高才生才有资格做律师）约 20 年以后才能有资格竞争做法官，因此法官都是高素质之人，从业务能力、名望等各个方面来说都是出类拔萃的。故这里的法官说话都特别有公信力，正如这里法学界的谚语：判决不要问是否合理，关键要看是否可信，即从谁嘴里说出来的。

法院只有一两个法官

这里的法院只有一两个法官，其他的都是法官助理、书记员或秘书之类。分析法官少的原因，首先是这里的公务人员编制普遍精简。其次是他们严把法官资格关，即当法官的门槛很高，必须是名法学院毕业、名律师（在那里当律师就很难了）、几十年的律师执业经验，还需名目繁多的考察、考试、考核、投票等，可谓过五关斩六将，层层筛选。再次，严格限制才能保证法官的高素质、高权威，如同物以稀为贵。

法官老龄化

当地的法官除威信高、权力大、知识丰富外的另一个特征就是“老”，基本上一个个都是老态龙钟、银须飘飘。其法官老龄化的原因如下：一是这里的法官没有退休年龄，可以干到老，除非渎职，否则终身任职。二是入门资格受到限制，需有几十年律师经历的人才可当法官，即只有相当大年龄的律师才有竞争当法官的资格。三是老人的经验、智慧、阅历等都更能令当事人信服。同样一句话，从20多岁刚工作的法官口中说出，与从80多岁银须飘飘的法官口中说出，公信力截然不同。在法学界流行这样一句话：法官老的好，律师少的俏。如调解婚姻纠纷，你一个没结婚或刚结婚的二三十岁的人所说的话别人能听吗？但若从一个六七十岁甚至七八十岁的老爷爷法官嘴里说出，就会使当事人无形中觉得他是对的。

法官无上级

当地的各地法院（不能叫各级法院）都是独立的，不受任何人、任何部门干涉，法官任职是终身的，经费是独立的、有保障的，法官更不评等级，法官只有一个“上级”，便是法律。法官只对法律负责，不要说政府、党派、团体，就是最高法院的法官，与地方哪怕最基层的法院的法官也没有业务关系、上下级关系，与什么项目审批、评奖、评先等也无任何联系，从而在各种制度上保证了法官的独立性，使得法官是除法律之外的最高权威。

法院没有执行难一说

这里流行一句话：不执行法院判决将亡国。故当我问到有没有法院“空判”即执行难时，人家脸上显得很迷茫。据了解，这里除当事人死亡等不可抗力因素外，法院的判决有百分之百的执行率。正因为如此，这里的法院才更有公信力，百姓也更愿打官司。在这里，一切纠纷都是靠法院解决，一切问题法院都可裁决得令人信服。一是法治社会使法律的执行得到保障。二是不服判决者将受到全社会的声讨、惩罚，因为不服法院判决等于不尊重法律，凌驾于法律之上，这样的罪名人们是担当不起的。三是不执行法院的判决将付出更大的机会成本。四是法院的判决及法官都足以让人信服，法院的判决虽然不是绝对公正，但一定是相对公正的。这里的法官虽不是圣人，但是足以让人信任的人，故对判决的信服也使得人们自觉执行判决。除无能力外，等法院去强制执行的案件不到案件总数的 1%。

法院判决使人信服

在多国经多方了解，当地对法院的判决很少有提出异议的，即双方当事人对判决都是服气的。法院判决使人信服的原因如下：一是实行多党监督、舆论监督（新闻自由）的监督制度。二是这里有法律公平的文化传统，潜意识里就没有司法不公这个概念。三是法官素质高，苛刻条件下选拔的数量极少可谓凤毛麟角的法官是高水平公正判决的前提条件。四是英美法系的判例制度，法官判案的自由裁量权很小，都是以案例判案。五是法律规定法官不得接触任何当事人，否则为渎职（要下台）。六是法官的高薪、高待遇、高名气使之也不愿为之冒险。七是对判决书的要求科学、严谨，也使法官难以徇私舞弊，法院的每个判决书都要求是一篇优美的可作范本的法学论文，不仅要求合法、严谨，而且要求阐明法理以及为什么这样做。

警权受到最严厉限制

阿根廷女警察

不比不知道，一比才知当地的警察权限是多么严格，如罚款不收款，刑拘有法院的批准，且嫌疑人哪怕是死罪也可取保候审（因没经法院判决，只能作无罪推定），嫌疑人有沉默权，警察地位低、待遇低、工资低（都低于同级的公务员），使得许多国家招警难，穷人的孩子、找不到工作的人或想体验生活的人才去当警察。其实，警察作为国家暴力工具之一，其地位往往同一个国家的法治程度成反比，警察地位高、警察权力大往往是人治而非法治的表现，警察权力越小、地位越低，警察越受限制，一个国家的法治程度、文明程度就越高。

街头警察

执行公务的警察

犯罪嫌疑人很神气

在这些国家，我们了解其司法、审判制度后发现，这里的犯罪嫌疑人很神气，尤其是在警察面前，根本不把警察放在眼里，可谓颐指气使、言语嚣张，警察包括警长（局长）气得脸发青但也是敢怒不敢言。是不是这些国家的国民都骄横成性，无法无天？或者都藐视法律，都痛恨警察？非也！因为这些民主法治国家都给予犯罪嫌疑人最大的保护，他们可最大限度地行使自己的权利，这不仅不是法治倒退或执法难、执法环境差的体现，恰恰是法治进步、法治科学、法治水平高的表现。

为什么这样说呢？一是犯罪嫌疑人未经法院判决前是公民不是罪人，因为非经人民法院（有效）判决不为罪，这是全世界公认的基本法理。二是受到人身自由限制的犯罪嫌疑人是公民中的弱者，保护他们的权利是保护公民权利的底线。三是这些民主法治国家都赋予了公民沉默权，因为没有沉默权就等于会出现刑讯逼供。四是取保制度很宽泛，哪怕杀人犯也可取保，故犯罪嫌疑人不怕警察关他，警察也没权关他。为什么人人都可取保，因为犯罪嫌疑人不一定是罪人。这里的理念认为即使放纵犯罪，任何时候都可追究，但如错关或冤枉了百姓，根本没有挽回的余地。

所有行政审批不超过 10 分钟

要说行政审批，这里需审批的内容不仅少得多，而且还有以下几个特点：一是手续简单，只需拿身份证填个表即可，而且表格设计的多是画钩或打叉，最后签个名；二是速度快、效率高，表交上去，办事员在电脑存档给你登个记即可，根本不需领导审批、开会研究，所有工作做完不超过 10 分钟，要么能做，要么不能做；三是受监督力度大，任何环节不要说拖延一天，哪怕拖延几分钟也会在媒体上公开，甚至要引起从经办人到上面的官员包括最高官员辞职。审批少、简、快（高效）的原因：一是真正的自由经济，给任何人最大的创业自由；二是法治程度高，干什么都有法可依；三是政府廉洁高效，不存在无官不贪、无事不贿的问题；四是公务员素质高，不存在吃拿卡要的问题；五是党派、媒体监督力度大，有此问题将使这名官员、这届政府、这个政党声名扫地或灰溜溜地下台。

企业注册只需交 1 元钱、几分钟

在这里开办公司的门槛很低，只要拿身份证象征性地交 1 元钱就可（只需几分钟）注册，效率极高。这样做的好处如下：一是可提高行政效率，行政效率是各行各业乃至全民效率的窗口及晴雨表；二是可减少行贿受贿的可能性，即到即批，无须审查，审批人没有吃拿卡要、行贿受贿的可能及任何机会和时间；三是给无条件的底层创业者更大的发挥能力的空间及机会。你若违法经营或有诈骗行为，自然会有法律追究你，故无须在准入上卡你。

不追星

有次从一街道经过，听那里乐声喧天，见有人又唱又跳，翻译告诉我们那是一个全国级巨星在搞义演，遂引起了我们的好奇心。转眼一看，只有区区几十人。我遂不解地问翻译："不是全国巨星吗，咋没人围观？"翻译告诉我："这里的人不追星，虽然有的明星粉丝数很多、收入很高，但几乎没有人崇拜他们。这里的人对他们看得很淡，倒是对运动员、学者很敬佩、艳羡，认为他们的成功是苦力加毅力即汗水泡出来的，值得人敬佩。"是啊，追星的背后体现的是人们急功近利、不劳而获以及浮躁的浅薄心理，也是一个人或一个民族不成熟、不理性、不智慧的体现，同时也是价值观扭曲的体现。

不谀官，不敬官

官员在这里不受人尊重，更不要说处处被人捧、被人请、被人贿了。不要说市长、省长、州长，就是内阁部长包括总理、总统，还得千方百计讨老百姓欢心以得到民众支持及选票。分析这里官员不被人谀的原因：一是人民而非官员的上级官员决定官员的升降；二是官员手中没有可自由支配的权力，不能给人包括自己的亲友带来任何好处；三是各方监督严格，官员不敢对任何人徇私，否则自己马上就要丢官罢职，至少是身败名裂；四是没有谀官的传统，因为那里从建国起就受西方民主政治的影响（原是西方殖民地），官员手中既没很大的权力，又处处受到严格的限制，还得处处讨好选民及百姓，哪里还有被谀的奢望。

人际关系简单

这些国家给我的最大感受之一是人际关系特别简单，人们生活得轻松自如，没压力，应酬很少。一是不用应酬官场人际关系，从实用角度讲，这里的官没有任何需要应酬的价值。二是不用应酬朋友。这里由于是法治社会，干什么都一是一，二是二，是非分明。三是亲戚之间的交往应酬也很轻松。四是交往方式简单、文明、科学、节约，首先是 AA 制，在经费上节约，时间上节省；其次是人们相聚不搞大吃大喝；再次是人们相互间有值得庆祝的事就跳舞（举行派对、舞会）、唱歌或送花庆祝，要么方式简单，要么氛围轻松、快乐。

礼品简单

我们所到之处包括以前去过的欧洲、非洲，无论公务交往，还是私人交往，一般不像我们动辄赠送礼品。即使迫不得已回赠的礼品也很简单，多是一张明信片、一块巧克力、一盒饼干、一个领带夹、一个市徽之类的东西。这样做的原因，一是当地公务员没有权力花公家一分钱；二是他们生活、交往、公务都崇尚简单、简便、简约；三是避免了浪费，因为赠予之物多数并非实用之物，从经济学的角度讲，只要不是实用之物，购买、拥有都是一种浪费。

残疾人生活得好

这里的残疾人得到了尽可能多的优待与尊重，总而言之，作为弱势群体他们真正生活得很好。一是法律上较好地保证了他们的权利，不但有专门法，而且各种法律里都尽可能专门列出对他们的保护。二是人格上受尊重。如果想帮助残疾人，首先要问问人家是否需要帮助，因为残疾人自尊心特强，最反感别人怜悯或不尊重人格式的帮助。三是对残疾人的福利待遇优惠，不仅吃药就医不要钱，另有上学、就医的交通补助，而且残疾用具也一律由政府报销。四是就业有优惠，吸纳残疾人就业须有最低比例，低了要对用人单位处以重罚或重税，另外对吸收残疾人超过一定比例的用人单位还给予很丰厚的补助，使得各单位争相使用残疾人。五是对残疾人的认识上升到了智慧的层面，用他们的话说残疾本身就很不幸了，我们不能让他们有更大的不幸。另外，还有一种认识我听后异常感动：残疾人是为全人类做出了牺牲——

因为人类总要有一部分人残疾，而他们是在分担人类的不幸，故我们这些健全的人所做的只能是尽其所能地让他们生活得更好一点。六是残疾人的专用设施较好、较完善、较周到。不仅路上、车上、餐厅、厕所等有较完善的残疾人设施，而且连学校、剧院等都有残疾人专用的设施。七是对残疾人的帮助和服务较周到。学校、餐厅、剧院等公共场所都有为残疾人服务的专门人员或具体负责人。另外，这里的人们帮助残疾人也蔚然成风。同时，国家各级各类组织还经常组织帮助残疾人的各类活动。八是残疾人的文化生活较丰富，不仅国家各级各类组织经常组织或举办针对残疾人的各种专门文体活动，如由残疾人亲自参与的各种文体活动，而且也有不少专门为残疾人服务的非政府组织。总之，用这里的一位残疾人的话说：生活在这里我们备感幸福。

夫妻之间很浪漫

这里的人生活质量很高，幸福指数也很高。其中一个重要体现是夫妻之间很浪漫，主要体现在：一是丈夫每天至少是每周下班时都要给妻子送花，故这里晚上下班时间卖花的（街头的卖花

阿根廷手工刨树花

姑娘）很多；二是节假日夫妻常到郊外或情人酒店度过，情人酒店有专门的供夫妻喝咖啡、游戏、锻炼的场所及设施，并且酒店很注重保护客人的隐私权，如酒店的许多玻璃是内可见外，外不见里；三是夫妻间的结婚纪念日、生日都很隆重，都尽量过得个性、浪漫、别出心裁；四是夫妻间经常互相开玩笑、逗乐、恶作剧，以调节情趣、增加感情、美化生活。另外，这里的男人如不会哄老婆（尊重、照顾、呵护老婆），就会被人视为没素质、不智慧，因为他们都明白一个道理：男人的幸福 80% 掌握在妻子手中。

下班路上的卖花女

感受汽车文明

在这里的日日夜夜，我们强烈地感受到这里的汽车文明：一是有钱也不开大排量汽车，而且都以低能耗、轻便的两厢车为主。这里很少有人买大排量汽车，因其污染重、浪费能源。另外，开大排量汽车不文明的原因是这里的人认为汽车仅仅是个代步工具，几万元一辆的车也有空调、音响，与几十万、上百万的车几乎没什么区别，买豪车无非是不成熟、不智慧、不理性的炫耀或虚荣而已，是不理性的价值观所致。再者这里的人认为文明的核心是文化，文化的核心是正确的价值观，攀比外物如豪车等恰恰是价值观落后的表现。二是开车人都很文明。开车人的文明是汽车文明的核心之一，开车对路上的行人、骑车人、骑摩托车的人而言，本身就是一种特权，故这里的开车人都很文明。主要表现如下：开车的都给行人让路，不与行人抢道；任何人都可拦住任何一辆私家车送他，并且车主除有特急之事外都乐意送陌生人，无论多远（前面介绍过笔者的亲身体验）；遇雨天、雾天或有水处无不将速度降到最低，小心翼翼，唯恐将泥水溅到行人身上；很少有人按喇叭；有车族出行尽量乘公交、地铁或步行，并认为开车是没品位、没素质的表现之一，不到迫不得已不开车，以步行、乘公交、地铁为荣。

手机文明

这里已经进入了手机文明时代，几乎用手机者人人都很讲文明，主要表现在：一是很少见有人在公共场合打手机、接手机，视在公共场合打手机、接手机为最没修养的行为之一。二是除职业要求外，很少有人开机，即不做手机的奴隶。办公时间有电话，下班是休息时间、个人时间，决不允许他人打扰。三是用手机是低贱职业的象征，如保安、秘书等，否则人家根本不用手机。四是对使用手机的弊端认识明确，都知道手机对大脑、听力神经等有强辐射伤害。五是认为手机响个不停是浮躁的象征，尤其是使你远离了宁静。六是除极好的朋友或有约定外，下班时间根本不打别人手机，否则就会被视为没修养、没素质的人。七是电视上没有手机广告。八是手机不要钱，只要用哪个通信公司的号码，人家就会免费送一部手机给你，哪怕你只打一次电话。

老人的天堂

这里的老人们相对是比较幸福的，在各个方面他们的生活都很惬意，这里真可谓老人的天堂。第一，这里的老人养老金较高，与在职人员没有大的差异，且其他福利更好。第二，养老覆盖面广，即无论农村、城市，穷人、富人，有工作、没工作，好人、受过刑事处分的人，都可享受到同等条件的养老金。第三，老人公寓、老人寄养所等老人养老场所数量多，且环境幽雅宜人、条件较好、设施先进，有的比一般人的家居条件都好。第四，老人伙食调理得好，这里专门配备有营养师以保证老人们膳食科学、合理、美味。第五，其他方面的关心、关怀也非常到位，如为老人设有美发师、心理师、运动教练、舞蹈教练等。第六，为老人组织的活动丰富多彩，如老人体育运动会，老人舞蹈比赛、绘画大赛、钓鱼比赛、爬山比赛，老人野营队，老人派对（婚介），老人街舞队，老人乐队，老人志愿者等，各种活动应有尽有。活动的组织者，一是非政府组织，二是爱心组织，三是老人自己组织，四是以营利为目的的组织，因为老人活动政府都免税并有一定补贴。第七，老人亲情关怀搞得好，对孤寡老人、独居老人，社会、政府、非政府组织、慈善组织分别都以定时派人上门聊天或电话聊天、结对聊天、网上聊天等形式排遣老人的情感孤独。第八，老人再婚受重视，不仅社会、子女都支持、鼓励老人再婚，而且政府及非政府组织还定期调查丧偶或独身老人的再婚情况，并为他们再婚提供一切便利，如同城同年龄段老人信息（征婚的）通报，老人的征婚广告政府买单，政府为再婚老人提供补助、奖励、救济等。第九，老人心理健康受重视，政府拨款配有固定为老人服务的心理医师、心理咨询师，并定期为老人做心理体检（测试）等。第十，老人临终关怀受重视，允许老人安乐死，允许老人选择自己的死亡方法，还有许多临终关怀制度等。

树立的英雄典型都是普通人

当地媒体树立的英雄典型即成功人士都是普通人，即那些能将自己生活打理得有滋有味的平常人，但其过人之处是能做到贫而不贱、庸而不俗。在这里，人们眼中的成功人士通常是懂生活、有个性、有情趣的小人物，如驾驶员、清洁工、仓库或图书管理员、保洁工等。这不仅是职业无高低的一种价值观，更是理性、智慧的体现：一是在中小学校或企业等单位多是请小人物即平凡而生活成功的人做报告、作为典型或作为学习的榜样，这等于鼓励大家做一个平凡、快乐、幸福的普通人而非金字塔顶上的人。二是注重生活的成功，即比谁会生活、懂生活，有情趣、有个性、有品位，而非比谁有钱、有权、有名。三是树立的正面典型即先进、模范、英雄都是具有人性光辉的人，如在家庭、健康等方面取得成功的人。

爱管闲事的公民

来这里多日，还有一个感受是这里的人爱管闲事，不仅爱管熟人、亲人的闲事，还爱管陌生人的闲事。比如这里谁要打孩子，父母拉摔跤的孩子起来（不利于孩子成长），不及时给宠物喂食，不及时遛狗，包括在走廊大声说话，在自家庭院晒被子（有碍观瞻）等，都会有人报警，马上就会有警察来。其他的我都能理解，不能理解的是在自家院子里面晒被子，别人又看不见，怎么也有人报警？一听有关人士解释自叹不如：被子在院子里面晒，地面上的人是看不见，但站在高处或飞机上的人看得见。他还介绍说，山顶别墅上的游泳池如不打扫干净，飞行员也会报警。

分析其好管闲事的原因：一是国民素质高，人们将维护公德作为自己应做的事情，同时也是自己人权的一部分；二是博爱，人们追求人人平等的博爱，对全人类施予同样的爱；三是智慧，只有人人都维护他人、关心他人、维护环境、维护公德，才能人人都生活得更好。正如一位作家说的：当有人杀犹太人时，你不呐喊；当有人杀黑人时，你不呐喊；最后有人拿刀杀你时，你再呐喊，声音也已很微弱了。通过了解，我不得不感叹这是一种高度文明的体现，因为独处的文明或干涉别人的不文明才是真正的文明。又如一位社会学家所说：文明进入了潜意识，才是教养。最后，我想用一句话结束这段文字：真正的文明，心理上会有一种洁净感。

嗜书民族

嗜读的南美人之一

南美之行，最令我感动的是无论是在地铁、公共汽车上，在排队时，还是在公园草坪上，海边沙滩上，到处可见读书的人群。后来我再留心观察，发现司机开的车上、导游的包里、收银员的桌上都放有书，只要有三两分钟时间，都会拿出来读一读。我参观大学校园时，许多学生都是边吃边读，很少有边吃边聊的。听导游说，他们读书都是在“四上”：车上（等人或堵车时，人家连车库里都放有书）、路上（包括出差途中）、队上（排队时）、草上（草坪草地上，随时随地读）。由当地人们嗜读的情况，我推测这里的书店肯定很繁荣，于是我给翻译“行贿”（给小费，因为占用人家休息时间），让她带我到书店去看看。书店里果然人山人海，摩肩接踵，包书的、看书的、问价的，忙个不停，与冷清的商店形成了鲜明的对比。翻译告诉我：这里的商店星期天及夜晚不开门，但书店却开门。最后，我以一位历史学家的话结束这段文字：书的命运就是一个民族未来的命运。

嗜读的南美人之二

嗜读的南美人之三

儿童“听书”

这里的民族是个嗜书民族，上文已专门介绍过，但我还想说说这里许多图书馆、社区、家庭为没有阅读能力的 2~5 岁的儿童开展的“听书”活动：一是图书馆、书店、社区都不时举办儿童听书会，由父母抱着孩子来“听书”，即由专业人士、父母本人、大学生义工来读书给孩子听；二是规定父母每天、每周给儿童读书的最低时间（各地不等）；三是教育机构、少儿机构、学校、非政府组织、义工还分别组织不同的儿童“听书”活动；四是有大量的适宜儿童“听书”的录音、录像带，以及电视台专门开办的儿童“听书”节目等。这样做的好处，首先是培养儿童读书的兴趣；其次是培养儿童读书的习惯，因为习惯决定性格，性格决定命运；再次是在全社会营造读书、学习的氛围，尤其是促使父母多读书。

生育、迁徙自由

在这里，生育、迁徙是高度自由的，没有什么限制，并被视为基本人权。关于生育自由，一是没有生育指标限制，想生多少就生多少；二是没有间隔限制，想什么时候生就什么时候生；三是国家对多胎多子都有额外补助（这里抚养孩子很少需要父母掏钱，除教育、就医不要钱外，还有名目繁多的母子补助）；四是法律保护、公民接纳未婚妈妈、少女妈妈、学生妈妈，她们不仅不会受到歧视，而且还会得到家庭、社会、国家给予的无微不至的关怀和帮助；五是不得堕胎，否则将以故意杀人罪处以重刑。关于迁徙自由，首先是当地没有户口管制这个限制迁徙自由的措施；其次只有身份证管理，根本没什么户口管理；最后是城市里有大量的廉租房或经济房，为小城市人到大城市发展提供了可能。

崇尚小房子

这里的居民人均收入高，但没有大房情结，多是住的六七十平方米的两室一厅。当然，也有不少人在郊区森林中、河溪边买有专门休假用的房子或别墅。当地居民买小房子的原因，一是节约。我们的住房动辄 100 多平方米，其实对三口之家来说，一半面积是不需要的。二是小房温馨。有道是室雅何须大，花香不在多。三是理性。我们许多人买大房主要是考虑父母亲朋来了住着方便，试想一年 365 天父母亲朋等能来几次？来了住不下、坐不下可住宾馆、去饭店，那样也比你多买几十平方米多花几十万甚至上百万合算啊！四是装修简单，房大花费大，污染也重。

财富流向高素质者

在这里待久了，发现了一个现象：这里的富人与高素质是画等号的。在这里，专家、学者、律师、牙医、心理医生、银行家、金融分析师等属于富人阶层。分析在这里低素质者不能致富（没有暴发户）的原因：一是这里是完全意义上的市场经济体制，即资源配置真正是市场调节，而非行政调节；二是官员手中没有任何可任意动用的可徇私舞弊的权力；三是舆论监督与党派监督严格，任何一个人如不是靠辛勤劳动致富，马上就会被媒体曝光，就会受到全社会的声讨及法律追究。

土地私有

这里的土地制度一律是私有制，即私人对土地拥有永久的所有权、占有权、处分权和收益权，同其他私人财产一样是神圣不可侵犯的人权内容之一。如有的公路弯度很大，就是因为土地所有人不卖，政府只好改道。一开始我并不能接受土地私有的观念，但久而久之还真发现其有不少好处：一是土地流失得到很好的遏制，土地总量数百年来一直是持平或略增的。二是有效地保护了土壤质量。三是有效遏制了土地腐败，官员没有权力动用一寸土地。四是有利于房价的科学、合理、稳定。五是有利于社会稳定，有恒产者有恒心，有恒产者犯罪率大大低于无恒产者。

农民工人化

由于我们是一个农业国家，加之我自己又出身于农民家庭，故对当地的农村、农业、农民问题很感兴趣。去当地农村、农家后发现，这里几乎没有农民，更没有像我们概念里面朝黄土背朝天的农民，而是工人化、白领化、知识化的农民。这里的农村人口大都在总人口的 20% 以内，而且土地都是私有的，农村经营都是农场化、集约化。去种田的农民不仅工人化，而且机械化、数字化。当地农民大都是种几千亩地，至少是几百亩地。尤其是看到当地的农民笔挺的衣服、自信的面孔、睿智的谈吐，心中不由一阵阵感慨。

女性地位高

记得有位作家说过：看一个民族、一个人的素质如何，就看其如何对待女人和孩子，一个女人、孩子受重视、受尊重、受到很好保护的民族一定是有未来的。还记得使我震撼的一幕："泰坦尼克号"下沉时，船上的救生用具优先给了妇女和儿童，男人们排队一边鸣枪，一边随沉船葬入海底。船上唯一一名同妇女儿童一起逃生的日本男子回国后子女不认他作父亲，在强大的舆论压力下他开枪自杀。

这里女性受尊重主要表现在：一是女性有经期假，三天左右（各国或各州不等，多是州立法）。二是哺乳假期很长，多在 1 年以上，工资奖金照开。三是哺乳、怀孕期间国家、地方政府都有较多的补助，相当于一个工薪人员的中等收入。四是女性处处受到尊重、优先照顾，在就业方面女性优先，凡有性别限制的将会被处以重罚（数百万美金）甚至停业。五是在社交方面，男性视让女性动手做服务性工作，如倒水、端茶、擦桌子等为耻辱，有女性在场男性都会主动为其挪椅子（方便就座）、开车门、递毛巾、挂衣服，连共同消费也一反ＡＡ制的习惯，一律由男性买单。六是对女性的求助，任何男人都不会不管，都会竭力相助。七是在公交车上，男性绝不会让女人站着（当然，病、老、残的男人例外）。八是女性维权组织影响大、有活力，尤其是这里的妇女联合会是仅次于议会的几个有重要影响的公务员序列的大机关之一。九是女选民对政治选举的影响大。首先，女选民大大多于男选民，有人数优势；其次，女选民易达成共识形成强有力的支持或反对力量，因此哪个政客都不敢忽视女性，相反，还要千方百计讨好女性。十是女性的健康、教育受关注及照顾，认为女性的素质尤其是年轻女性的文化素质、健康素质决定一个民族的素质。故这里如有女性不受到应有的12年中小学教育，监护人不仅会被处以巨额罚金，还会坐牢。另外，女性的健康受到国家及地方政府重视，女性进行定期体检、女性健康知识培训、母亲教育技能培训，母亲学校相对较多，还有的州实行母亲资格考试，由政府帮助年轻母亲提高应有素质，弥补明显不足。十一是有的州或国家还设有女性救助金，专门救助在生活、学习等各方面有困难的女性。十二是设有婚内强奸罪、家庭暴力罪、虐待女婴（童）罪，强迫妻子过性生活及打骂妻子、女孩等都是要坐牢或被拘留的。总之，这里的女性生活得很轻松，她们普遍感觉做女人挺好。

男人都极讲卫生

我发现这里的男人除了谦恭、绅士、热情、健壮外，还有一个特点，即都极讲卫生。无论是官员、富人还是平民，无论是白领还是司机、餐厅服务员、清洁工、修鞋匠、乞丐，个个都衣服整洁，无论再旧也洗得干干净净，穿得整整齐齐。在这里，男人不每天换衬衣，就会被视为没修养，并且还意味着你夜不归宿。另外，在这里整洁不仅被视作男人有教养、有品位的第一要素，而且还被视为对别人的起码尊重。最得女人青睐的，不是有钱、有权，而是有教养、有品位、有内涵，而要做到这几点，首先要整洁、自信，其次要文雅、健康、有个性、幽默、多才多艺等。否则你再有钱，再有权，女人也不会理你，认为你是土老帽、暴发户等。另外，这里最看不起男人的第一是脏，第二是没个性，第三是没担当（不为公众利益担当）。

女人注重化妆生活及化妆生命

就化妆而言，分三个层次，最低层次的是化妆身体，即通过脂粉甚至手术等使身体好看。在这里，人们普遍将只化妆身体视作没品位、没见识、没智慧的愚蠢之举。她们认为常用化学元素制成的化妆品，会加快皮肤的衰老，而打耳孔、隆胸等在这里被视作自残或自戕。女性除舞会、重大社交场合或职业需要等外，一般不化妆，都素面朝天。但这里是指身体方面的化妆，因为女性都注重化妆生活和化妆生命。其化妆生活的内容是规律的生活、充足（良好）的睡眠、适当的运动、开朗的心境、和谐的家庭、宜人的情趣。就化妆生活而言，又尤其重心境，认为相由心生，福由心生（幸福是一种感觉、一种心态）。她们重视运动，多有一至几种运动技能，女性平均每天运动时间在 2 个小时以上，青年女性更热爱运动。女性将化妆生命的内容定义为读书、思考、提高，即追求优秀而非成功——成功是优于别人，优秀是优于自己，即优于昨天的我。其实，这才是智者之举。武则天千年前就明白了此理："以色事君则短，以才事君则久。"俄国女皇叶卡捷琳娜六七十岁时仍然美丽不减，是她化妆生命成功的最好说明：她读书无厌、手不释卷，涉猎知识范围之广鲜有人及，谈及政治、军事、文化、艺术、宗教、经济、科学等各个方面，只要她一开口，便使所有的王公大臣都心生敬意，美就自然而生了。

以黑为美

这里女性的审美观和我国大不一样，她们不以白为美，不以细皮嫩肉为美，而是以黑为美。在这里，黑不仅是健康的标志，而且还是有闲暇去晒太阳的标志，更是成功人士即有钱又有闲之人的标志。因为你有钱又有闲才能有时间、有条件去晒太阳，去做那些诸如爬山、滑雪、打网球和高尔夫球等能将人晒黑的运动。而你的皮肤很白皙恰好证明你是低层次的人：天天在室内工作，

日光浴之一

没时间、没条件去晒太阳、去休闲。在这里，我们在街头所见的富贵的女性都是皮肤黝黑的。

日光浴之二

日光浴之三

将有趣作为人生最大的成功

虽然我在不同的篇幅里介绍了当地诸如生活的成功、生命的成功等多元成功观，但这里的人们认为人生最大的成功还是做一个有趣之人，认为人可无知、无钱、无名，但不可无趣，人生的最大失败就是不幸沦为无趣之人。

这里有趣的内涵很丰富，包括个性、幽默、活泼、洒脱、爱好广泛、多才多艺等，尤其是从身边、从生活中发现美（有趣之事）、享受美、创造美的能力。如春天去挖野菜自己动手煮着吃，被诗意地称为将春天含在嘴里、吃进体内，夏天常去枕溪听蝉，秋天常在秋叶上行走听脚踏落叶的沙沙声，以及到野外观云，冬天常去踏雪、听松涛。探究这里将有趣作为人生最大的成功的原因：一是人若没趣就会变得粗糙、麻木、肤浅，就会沦为物欲过强的物质人。二是无趣之人其心灵必将枯竭，成为精神乞丐，因为趣味是精神生活的内容，是心灵的滋养剂，无此则心不活。三是认为有趣是提升幸福指数的重要途径。社会学家研究表明，有趣之人幸福指数、快乐指数比无趣之人要高得多。四是有趣是人际关系的润滑剂，它不仅可使自己高兴，还可叫人有兴趣、让人快乐，如同人群中的开心果、快乐源一样，不仅给人带来快乐，还受他人欢迎。

劳动力价格高

作为学过经济学的经济师，我喜欢观察、分析所到各国的经济情况。我发现这里有个现象很值得我们研究、学习，即这里的劳动力价格高，像建筑工、清洁工、保安、搬运工等不需要任何技术含量的纯粹靠出卖劳动力的工作，每小时至少也有一百元人民币以上的收入，也就是说只要不怕吃苦，干上一天就可以挣一千元人民币。

从经济学的角度看，劳动力价格高有以下好处：一是没文化、没技术之人更易生存，因为这些人天生只有劳动力。二是贫富差距不会大，因穷人往往是穷得只剩下力气即劳动力的人，而劳动力价格高，穷人们不会收入太低，即贫富差距不会太大，事实证明这里的基尼系数都在 0.40 的安全线以内。三是有利于橄榄形社会结构的形成，即贫富是两头，中产阶级为中间的大头。四是有利于社会的层级转换。层级不能科学、合理、及时地转换，即社会的上、中、下层不能随人的素质或勤劳流动，这个社会必不稳定。而劳动力价格高，恰恰可使低层级的人通过勤劳致富而走进中层或更高的行列，这样社会才能稳定，才有朝气，才有未来。

商品不讲价

逛了不少的商店后，发现这里的商店有一个特点：商品不讲价，顶多是去掉毛儿八分的一个零头，且不能说是讲价，只能说钱带得不够，说没零钱也不行，因为商家会很热情地给你换。当然，商品不讲价是建立在不漫天要价的基础上，只有这样，这个不讲价的规则才能坚持下去。研究商品不讲价的原因：一是国民素质高，从未有或极少有坑蒙拐骗之事。二是这里都是成熟的市场经济国家，市场上的各种监督、管理很到位，也不允许有人非法牟取暴利。三是法治程度高，违法者为此付出的机会成本大，不敢有非法之举。四是人们对商家都很信任、敬重，再者商家素质同样也很高。另外，分析不讲价的好处，首先是维护了市场的正常秩序，不会由价格混乱导致市场秩序的混乱，其次是节约了人们大量的人力成本。

邻里关系特别好

据多方了解，这里不仅人际关系简单、友好，而且邻里关系特别好，使我真想与此地人为邻。邻里关系对一个人的生活质量、幸福指数、子女教育而言极为重要，因此中国自古就有“千金买房，万金买邻”之说。这里邻里关系好表现在：一是凡有新邻居搬来，老邻居都会持鲜花或其他礼物致贺，并附上自己的电话号码，请其在需要帮助时随时打电话；二是都要为新邻居举办一个欢迎舞会、聚会之类的活动，以表示对其的欢迎；三是只要开口请邻居帮忙，邻居无不欣然接受；四是邻里之间能时刻为他人着想，如在走廊走路都蹑手蹑脚，说话也尽量压低声音，夜里不用抽水马桶（用桶装水冲）以免惊醒邻人清梦，装修从不在中午、夜里等休息时间进行，有的人还专门买有消声器；五是互相之间很宽容，如别人家孩子打碎了自家玻璃反给孩子讲情。

这里的黎明静悄悄

标题中的“黎明”是指这里的环境，即这里的人崇尚安静，认为安静是现代社会中人类最大的奢侈品。这里的安静包含两方面的内容：一个是环境安静。这里无论农村还是城市，无论街边还是商场，都很安静。另一个是心静，即没有过多的物欲、浮躁，人们生活得都很安静、宁静。人们崇尚安静的好处：一是有利于人的心理、生理健康，环境嘈杂、物欲太强（自然心不静）对人的心理、生理健康极为不利，生活在此环境下，人们都会产生心理、生理疾病。二是有利于增加幸福指数，因为环境安静和心静是幸福指数的重要组成部分。三是有利于人的思考，正如《道德经》所言：“慧由定生，定由静生。”如同一池水，不静不澄就不能鉴，即浑水不能照见人。四是使人显得更优雅、有教养，因为安静是有教养之人的重要表现。

开设快乐课

无论在学校，还是在社区，这里都开设有快乐课。快乐课的内容是教人们怎样使自己及别人获得快乐或更快乐。授课的内容是教学生（即听课者）如何放松、宁静、安详、平稳、乐观、幽默，如何不胡思乱想、不忧虑，如何树立正确的人生价值观及选择适合你的个性的生活方式，如何解决工作、生活、学习中的难题、矛盾、烦恼和挫折。另外，快乐课还设有快乐信箱、快乐邮箱，大家有什么烦恼、心结、忧愁难解之事，可写信投在信箱里或发到网上的电子邮箱里，不落姓名，大家一起讨论。授课形式有请专家学者授课、同学们互相探讨问题、专家学者现场或信箱答疑、组织快乐活动等。

被聘请来授课的有心理咨询师、行为学家、哲学家、励志大师、营养师、美学家、宗教学家、运动学家、音乐人等，他们通常会以现身说法的方式给学生上课。心理咨询师主要讲如何调整好心态、如何预防心理疾病，以及培养多元思维的方法；行为学家主要讲人们在日常生活中如何做事、处事才能使己、使人更快乐，以及如何远离看电视、玩电脑等使人不快乐的行为；哲学家教大家如何用哲学观点，如两点论、二元论，即福祸相依、得失相存、成败相连、好坏相生的观点来思考问题、思考人生；励志大师教人们如何立志、励志，如何自信、充满激情地对待每一天；营养师教人们如何吃得更快乐，如何在食物中得到快乐，告诉人们哪些食物含快乐素更多，如香蕉、葡萄、全麦面包、巧克力、橘子、儿时喜欢的食物等，教大家避开抑制快乐素产生的食物；美学家教大家如何用眼睛去发现、去寻觅生活中的美（快乐），因为美无处不在；宗教学家教人们如何感恩、如何行善、如何信仰，因为这三点是人类产生快乐的重要原因；运动学家教人们如何喜欢运动，如何选择运动项目，如何提高运动技能，如何解决运动中出现的问题，尤其是兴趣不高的问题和难以坚持的问题等，因为运动是产生快乐素最快、最多、最好的方法，尤其是竞技运动；音乐人教人们如何欣赏音乐，如何以音乐之心去度过生活中的每一天，以及如何让生命的每一秒都变成黄金、变成音乐。

有钱人家的女儿做女佣

看到这个标题时，读者朋友肯定会想我是在痴人说梦或信口雌黄，有钱人家的女儿怎么可能去做女佣呢？在这里，有钱人家的女儿在初中时要找一家有素质的人家去那里做女佣，当然不是辍学，而是半天上学半天做佣，星期天多是全天，时间约是半年至一年。当然，也不全是这样，但大部分都是这样的（男孩子去工厂或工地，也是做最低级劳动半年至一年）。在这些国民素质较高，重教育、懂教育的国度里，他们认为这样做至少有以下好处：一是在高素质家庭耳濡目染，能学到很多好的知识、习惯及生活方式；二是使她们及早从别人家中真正接触社会、了解生活；三是便于她们更早、更快地自立；四是使其明白做低级劳动的艰辛，如不及时奋斗，将来只能去做女佣这样的低级劳动者；五是使其及早学会做家务，为将来做妻子、做母亲做准备；六是使其更珍惜父母的劳动成果，体会父母做家务的艰辛及谋生的不易；七是使其及早习惯主人的指使，以免将来直接从家庭到社会不能适应；八是使其知道金钱来之不易，更有利于养成节俭、珍惜、感恩的习惯。在这里，由于有钱人家大多习惯这样做，大家也都习以为常，倒是那些在少年时没当过女佣的女孩子反而被别人看不起，她们自己也常因此感到人生有缺憾。

森林养生

初听“森林养生”这个名词时，我还有点不解，详细了解及实地观察后得出了这样一个看法：这是这里的人们，尤其是中上层社会流行的一种集滋养身体、精神于一体的养生或休养、休息方式。具体做法如下：一是尽可能扩大森林覆盖率（这使得南美诸国森林覆盖率很高），以使人类生活的土壤更滋润，空气更清新，雨水更丰沛。二是尽可能扩大城市森林面积，这样既方便人们去森林，更利于人们身边环境的改善。三是尽可能在业余时间去森林，这不仅有利于养生，更有利于思考，故有“森林是产生哲学家的地方”之说。

森林养生的好处是：第一，森林环境优美，置身其中，使人心旷神怡，宠辱偕忘。第二，森林污染少，不像马路上到处是汽车排出的有害物质。第三，森林安静，可使人内心恬静。第四，森林里有大量的负氧离子，可镇静神经，促进新陈代谢，还可治疗高血压、心绞痛、神经衰弱、狂躁症、哮喘等，因此有些地方还专门设有森林康复医院。第五，森林里的鸟鸣、水声更是一曲动人的音乐，可洗涤人的心灵。第六，森林更能激发人的创造性，给人写作、绘画、作曲的灵感，因为大量的负氧离子使人的思维更活跃。

为什么南美人如此重视森林养生呢？因为他们认为人是从森林中走出来的，理应时时回到自己的原始家园。另外，现代人的心灵普遍处于焦灼、浮躁、欲望之中，正是长期远离灵魂的精神家园和森林这个人类的自然家园的结果。

酷爱音乐

这里人们的一大特征是从老人到孩子、从男到女、从贫到富无不喜欢音乐、懂音乐，正如其格言所说，体育是身体的洗浴，音乐是心灵的洗浴，宗教是灵魂的洗浴。这里人酷爱音乐的具体表现如下：一是音乐厅、音乐馆多。据了解，一个几十万人的小城市往往就有几十家音乐厅（馆）。二是懂音乐的人多。白领中大部分都能听懂交响乐、看懂芭蕾舞，懂洛可可音乐、古典音乐、宫廷音乐等。三是大部分人都会演奏乐器。大部分人都会一至几件乐器，连街上的乞丐都会用乐器乞讨。四是大部分人用于音乐的消费超过饮食的消费。五是音乐学院受考生青睐。用这里人的话说，如能在音乐中度过一生，那将是多幸运的事啊！

用脑吃饭

正如国际上流行的话：法国人用眼睛吃饭（讲色彩），中国人用舌头吃饭（讲好吃否），法国之外的欧美人用大脑吃饭（讲营养结构）。不仅欧美等发达国家，甚至拉美、非洲的人大多也是用脑吃饭。一是吃饭的标准科学，营养合理。二是不讲究吃饱，而讲究营养。营养够否，由食品的主要成分蛋白质、碳水化合物、淀粉、维生素、水、膳食纤维、氨基酸等来衡量。三是吃饭消费很理性，不吃贵、不吃奇、不吃味，法律禁止使用味精、鸡精等化学调味品，不食珍禽及稀有植物。四是吃饭的方式卫生，都是分餐式的自助餐。五是提倡节俭，朋友聚会 AA 制，不仅不会为谁掏钱发愁，而且不会怕点少了没面子。六是省时。由于分餐及 AA 制，人们之间谁也不劝酒、敬酒，更不会在点菜、上饭时等待，所以都是去了（自助餐厅）就吃，吃了就走，非常方便、省时。

不用担心黑心食品

这里的食品很安全，绝不用担心有黑心食品，如毒奶粉、毒蔬菜等，也不用担心市场上有用激素养的鱼、猪、鸭等，更不用担心毒鸡蛋和地沟油。所以，这里的食品你可以完全放心，只管无忧无虑地购买、食用即可。一是当地的道德修养即人的素质普遍较高，不是不敢黑（打击严厉）、不能黑（防控得好），而是不愿黑（素质高）；二是打击严厉，发现一次就足以让你倾家荡产、身败名裂；三是监督到位，哪个官员的辖区出现黑心食品、假冒伪劣商品，哪个官员就要下台；四是有信用系统的制约，这里建立有严格的信用制度，设有信用局（类似的机构），专管人们的信用问题，一旦你有不诚信的记录，一生都抹不掉，且在如婚姻、贷款、住房、求职、上学、看病、保险等生活的各个方面受限制，真正是做到了让你寸步难行。故谁也不敢制造假冒伪劣商品或贩假卖假，更不要说胆敢让人吃黑心食品了。

不吃大棚蔬菜

不经意间我们发现了一个细节，就是在郊外、农村从未见过塑料大棚，一打听，原来这里的人基本不吃大棚蔬菜即反季节蔬菜。其原因在于：一是大棚蔬菜反季节生长，由于违背了蔬菜的生长规律极易生虫，因此便需要使用超标超量的农药。二是反季节蔬菜的营养不如自然生长的蔬菜。三是大棚蔬菜没有自然阳光，食品结构发生了改变，久食极易使人体产生病变。四是塑料在阳光下挥发的毒性浸入到蔬菜中。五是菜农极易使用生长剂（激素）和过量化肥。六是增加碳排放量，污染空气。因此，不食大棚蔬菜便成了其国人的共识，不少州（省）还专门立法禁止。当然，还有一条重要原因，在媒体自由、党派监督的民主体制下，任何地方官员绝不会为 GDP 或面子工程而失去民心，丢了选票。

不吃昂贵的食品

这里的人们，尤其是富人和官员有一个共同特点，不食所谓名贵价高的食品。其原因在于：其一，人们很理性，吃饭重营养结构，重科学，而非跟风或满足自己的虚荣心。其二，人们很智慧，真正认识到了“吃饭是为了活着，活着不是为了吃饭”的道理。其三，人们重经济实惠，努力降低恩格尔系数，即食品支出在总支出中的比重（这个比重越高的人越穷，生活质量越差）。其四，这里没有公款吃喝，不会不计成本地大吃大喝，因为百姓（公家）不会买单。其五，这里人实行 AA 制、分餐制，不存在盲目攀比的不良心理。其六，人们认为昂贵的饭菜多是稀少稀奇的，而稀少稀奇的食品要么从远方长途运来，要么因为消费的人少而长期存放，难免都要使用防腐剂。其七，人们认为稀有的食物尤其是动物极易携带病菌，容易使人致病。

不喝开水

不仅是南美，欧洲、非洲、澳洲的人都不喝开水，宾馆里也找不到开水瓶，不少常出国的中国人都会在出国前自备电热壶，然后不远千里万里地带去带来。记得一次在宾馆，我的转换插头丢了，没法烧开水，幸亏翻译还在，让宾馆准备了一壶热水（只有两杯），竟收费 6 美元。

分析人家不喝开水的原因：一是水资源保护得好，80% 以上的天然湖泊、池塘、河流里的水不仅清澈，而且可直接饮用。二是家中自来水干净卫生达标。如另文所说，当地的自来水储水池盖得像宫殿以便净化水，输水管道一律是不锈钢材质的，地下输水管道旁边可行走以利于及时维修。三是这里人身体好，喝生水不生病、不拉肚子（更主要是水质好，即环境保护得好）。四是重视饮水科学。生水里有许多有益人体的微生物、矿物质和人体所需的微量元素，而水煮开后这些微量元素损失殆尽。五是节约能源，试想烧或煮开水要浪费多少煤、电或柴。六是易将铅、铁、瓷等盛水容器中的有毒物质饮入，因为高温极易使这些有毒物质挥发出来融入水中。

另外，这里还极注重饮水的科学、合理、卫生，认为人的生命起源于水，水是比食物还重要的维持生命的物质，好身体首先是喝出来的（怎样喝水、喝什么样的水），其次是吃出来的，再次才是锻炼等调理出来的。他们除喝对身体有好处的生水外，都懂得也能做到未渴先饮，饭前饭后一小时内不饮水（冲洗胃液影响消化），饭时少喝汤，不喝过冷或过热的水（刺激胃黏膜），每天喝不少于 2000 毫升的水，晚上 8 点以后不饮水（否则加大肾的负担，使肾得不到休息），等等。

吃苹果不削皮

这里还有一个习惯我们一开始难以适应，即吃苹果及绝大部分水果都是不削皮的。为什么这里吃苹果等非硬壳水果不削皮呢？一是这里的所有水果（包括蔬菜）是不允许打农药的。二是水果在运输中很卫生，完全符合卫生标准，故不用因不卫生而削皮。三是水果皮营养最高，削皮造成浪费。四是削果皮势必要造成许多浪费，这里的人视食物为上帝的恩惠，视浪费食物为没修养，故每餐前都感恩上帝赐食（这里绝大部分人都信教）。五是这里的水特别干净，水管里的水都符合饮用标准，故水果洗后即食既卫生又方便，还节约时间，人们何乐而不为呢？

企业都特别讲信誉

走进当地的企业后我发现了一个很大的特点，即这里的企业包括一切商业行为都极讲信誉，很少有不履约的事情发生，并且不少企业的业务往来连合同都不签，全凭口头一句话，既高效又节约，而且极少有赖账、欺骗的商业行为发生。出现这种现象的原因如下：一是这里的企业绝大部分是私人的，信誉决定其生死，故谁也不会拿自己的企业开玩笑。二是国家信用机构很厉害，任何违约行为、纠纷行为都要记录在册，不诚信者将给自己带来更大的损失。三是地方政府很讲信誉，从不说空话、假话，因为政府风气决定企业及国民风气。四是形成了高素质的企业家阶层，这些人不仅有知识、有阅历，更有素质、有品位，根本不会干欺行霸市等没素质之事。

择偶的标准不是男财女貌

接触了不少在我们眼里很不般配、很不门当户对的婚姻后，我便对这里人的择偶标准产生了兴趣，深入了解后发现与我们的择偶标准大相径庭。首先是根本不讲男财女貌。这里人择偶第一是看这个人是否有情趣，认为一个人最大的失败、最大的缺点是没情趣。在这里，女的比男的大几岁、十几岁都很正常，绝不是我们想象中的男人没本事靠女人吃饭才这样做，因为人家真正是感情至上，只要两人有感情根本不计较外在的东西。其次是重感觉、重缘分。只要感到情投意合，其他一切根本不予考虑，绝非像我们那样把学历、身高、长相、家庭、收入甚至连老人们的养老问题等都考虑进去。

脾气特别好

当地人们的好脾气我们无处不领略到，不仅是常挂在脸上的笑容，常挂在嘴上的友善问候，交往时常见到的礼让谦和，而且是有了矛盾冲突时的和平解决。下面根据自己的亲身经历来描述人家的好脾气。一是撞车了，除了较大的事故、人受重伤的事故外，一般都是一笑了之，各走各的。如一次我们坐的车与人撞了，撞者、被撞者都连声说对不起。二是像踩脚、撞人这样的无意冒犯，常常是被冒犯者先说对不起（因他先反应过来）。三是一次在餐馆我端的汤洒在了一个衣着华丽的女士的身上，她反而站起来向我说对不起。四是所走过的大街小巷景点餐厅，从没见有人争吵、有人发脾气，一个个都那么谦和。

分析人家好脾气的原因：一是高素质使然，不怒而威是大人物高素质的象征。二是良好的社会保障、社会福利使然。在这里就医、养老、上学不用花钱，失业后有足以让你无后顾之忧的失业金，人际关系简单，可以说没有什么操心事、烦心事，根本不需要性子急，更不需要有火爆脾气，而且也没有怨气、戾气、火气要发泄。四是有良好的文化传统。五是社会治安好，坏人少、骗子少，陌生人之间都很友善，且彼此信任，故人们相互之间都态度友善。

崇尚沉思，远离匆忙

当今市场经济条件下，人们生活的明显特点是匆忙，但在此我们发现这里人却有所不同，其主要特点是崇尚沉思，远离匆忙。一是生活得很从容，很难见到人家匆忙、急躁，根本看不到匆忙走路的、一边吃东西一边赶路的、拥挤的、闯红灯的人。二是到处可见悠闲的人群，如沙滩上晒太阳的，草坪上仰卧的，大街上运动的，森林（树林）里流连的，夜晚仰望星空的。三是思考尤其是沉思作为一种生活方式已融入了人们的生活，其表现为喜欢独处、喜欢思考、喜欢怀疑、喜欢探讨。高素质的人的一个普遍特征是喜欢独处、喜欢孤独（而非孤寂），视孤独为与自己的心灵相处，与自己的心灵对话。这也是物质人与精神人、一元人生与二元人生的分水岭。四是崇尚静，即安静、宁静、恬静，认为慧由静生，不是每临大事有静气，而是人生处处有静气，因为静不仅是智慧之本，更是思考的前提。

择业的标准不是高薪或体面

这里的人们认为人与人的区别不在于职业好坏、身份高低、金钱多少，而在于素质的高低，一个有素质的人处处受尊重、受崇拜。因此，人们的择业标准不一。一是首先考虑的标准是喜欢，认为人生最大的幸运是将谋生的职业与自己的爱好统一，如此不仅天天心情舒畅，幸福指数高，而且在自己喜欢的领域里还极易出成果，因为兴趣是最好的老师。二是有利于增加阅历或体验社会人生，如大多选择能增加见识的工作，如司机、飞行员、导游等。三是喜欢选择有挑战性的工作，如警察等。四是喜欢多次变换行业，在多个领域尽量多体验，以增长见识、丰富人生，因为多涉入一个职业，等于多一个思维方式。五是喜欢选择有闲暇时间的职业，认为闲暇（当然不是闲散）是现代人最大的奢侈品，宁肯做个有闲没钱的穷人，也不愿做个有钱没闲的富人。

重无用之用

在这里我有个较深的感受：这里的人普遍重无用之用。重无用之用的具体体现：一是喜做无用之事，如仰望星空、流连森林、关心气候变暖、关心环境污染等。二是喜做无用之思，如民主法治问题、人类生态危机问题、世界文化冲突问题、人性弱点问题、幸福标准问题等。三是喜读无用之书，真正的读书是读闲书、读无用之书。四是喜发无用之言，通过媒体讨论的、争取的多是与自己个人得失无直接关系的问题，如环境问题、制度问题、国际问题、人类问题等。无用才能成其大用，因此无用乃有用之基。

尊重生命

生命是世界上一切财富中最珍贵的财富，这个理念在这里很得各个阶层的认可，成了绝对的主流价值观之一。其表现为：一是在法律上处处以尊重生命为立法的至高理念，凡不尊重生命的一切行为都将遭到法律禁止，凡伤害生命的一切行为都会受到法律重处，在政治上让其彻底完蛋，在经济上让其倾家荡产，在名誉上让其声名扫地。如一起汽车的安全事故致人死亡案件，法院便判决厂家赔偿受害人几亿美元，以此让所有的人知道生命高于一切，不尊重生命就会倾家荡产。二是所有生命一律平等，无论城乡、男女、老少，在选举权、民事权、身份权、受教育权等权利方面一律平等。三是一切为生命让路，无论军事、政治、经济发展，首先考虑的是生命的代价。四是珍惜每一个生命，如为在地震、战争等中失去生命的每个人立碑，无论是士兵还是乞丐同等对待。五是保护动物生命，法律上设有虐待动物罪、滥杀动物罪等罪名。六是基本取消死刑，除极个别危害公共安全行为如爆炸、劫机等恶劣犯罪外，没有死刑，即犯罪嫌疑人的生命也尽量给予保障。他们的权利都能得到保障，其他公民就可想而知了。

高度重视急救培训

在路上看到几个急救培训中心，总觉得不对劲，好像多了点什么，细看是比国内的急救中心多了“培训”两个字，一问才知是专门为培训国民的急救能力而设立的。其设立的形式有四种：一是专门的；二是兼设的，如在有的医院、医学院、学校内兼设急救培训中心，以便同时开展这项工作以外的多项工作；三是临时的，如临时租地方进行集中培训；四是简易的，如在车站、医院、工厂、学校等临时培训或宣传有关的急救知识。其培训的方式多种多样：一是集中上课；二是列入大中小学课程必学内容；三是电视开设专题；四是印发传单或资料。其培训的对象，首先是在职业上有急救责任的人，如医生、警察、公务员、教师、保育员等，国家要求其必须掌握一定的急救知识，否则为不称职。其次是与急救工作有关的人，如在矿业、电业、体育、交通、海事等部门工作的人，国家要求其必须掌握相关的急救知识，如电业系统的员工必须学会被电击后的急救技能。再次是普通的人，政府要求人人学习急救知识，人人掌握急救知识，如心脏停搏、车祸、地震、火灾、溺水等的自救和他救。据了解，这里的市民80%具备这些常见灾难的急救知识，使意外事故的死亡率较低。另外，这里值得我们学习的还有对急救工作的高度重视，如几乎家家有灭火器，家家都有与楼层高度同长的救生绳（在这里称为“生命之绳”），不少家庭还修有“地震三角带”，即加固一个三角以防地震（绝非这里地震多，而是重视），家家都有医疗、电力、煤气等急救电话（大部分人都能背出这些电话）。急救工作在这里受重视的原因，主要是重视生命，这里人将平安与健康作为人生最大的财富。

内在多自由

人的自由分外在自由和内在自由。关于外在自由，主要指言论自由、迁徙自由、党派自由等，当然还包括法律的保证及全民宽容精神。而内在自由，即独立思考的能力及精神，独立思考的精神的实质是不问功利，把真理本身看得至高无上，除政治原因外，急功近利、注重实用是独立思考精神及内在自由的大敌。关于这两者的关系，可以这么说，外在自由越多的社会，越易产生内在自由。

当地人民内在自由多的表现：一是有思想，凡事都有自己的思想、见解，如另文介绍的喜独处、喜安静都是其有思想的外在表现。二是不拜权，不崇拜官员，更不迷信官员，总理、部长在超市买东西或排队购物时没一个人会去围观，更没有人会去指指点点或议论纷纷。三是有主见，凡事不从众、不盲从、不跟流行走，有自己的见识、价值观、是非标准，更不生活在别人的眼色、别人的脸色、别人的幸福模式及别人的评价中。四是敢怀疑，凡事爱问为什么。爱讨论，爱辩是非，敢冒险，敢提出新问题、新观点，敢冒天下之大不韪的人，是人们崇拜、看重的对象。

当地人民内在多自由的原因有：一是传统原因。这里人有探讨、探究、探险的传统，新大陆、太阳中心说都是欧洲人探究的成果（这里多是欧洲人后裔）。二是地理原因。这里周边都是海岸或平原，交通方便，出海方便。三是经济原因。这里是以发达的海洋交通为前提的商贸经济。四是制度原因。这里的民主制度及三权鼎立都需要人民的内在自由，并以提高人民的自由度为己任。

排队成了风景

在这里看到排队的人很多，哪怕只有两三个人在办什么事或等车也会立即排队。这里的排队有以下几个特点：一是人与人间隔的距离长，大约一米，因为这里的人素质高，注意不侵犯他人的私人空间或社交空间。二是从没有人插队，这里的人视插队为盗窃，即明目张胆地盗窃别人的时间，是比盗窃财物还令人厌恶的不德之举。三是排队的人没人说话、打手机，非常安静，偶有人说话也是挨着耳朵，声音小得旁边的人都听不见。四是排队之人多在读书，如另文介绍的那样，无时无处不读书。五是没有排队时被偷的现象发生，不仅因其治安好、小偷少，更重要的是排队间距这么大，小偷也没可乘之机。写到这里，我想起一位社会学家的话：从如何排队就可以看出一个人乃至一个民族的素质如何。

敬畏红灯

我在这里时时注意观察这里国民对红灯（有些城市是黄灯）的态度，因为红绿灯下最见一个民族的素质，但令我惊讶的是竟然没见一个人，哪怕一个孩子闯过红灯。许多时候哪怕路口只有一个人，那个人也会静静地等着绿灯亮后再走。记得有一次，我们子夜一点多才回旅馆，路口遇上了红灯，司机在等红灯，同行有人反对说："半夜了路上又没有一个人，谁还能看见，还等什么？"没想到司机很礼貌地说："对不起，万一有孩子在楼上看见了，会给他一个很不好的反面教材。"这位司机这样回答虽然很好，但还不全面，他们敬畏红灯还有以下几个原因：一是法治国家的公民守法意识强，因为不闯红灯是守法的表现。二是国民个人修养高，能做到慎独或不欺暗室。三是规则意识强，即凡事守规则。四是他们有凡事求心安的道德修养，根本不考虑别人知与不知，只考虑心安与不安。如一个司机回家后发现车轮上有血，竟然往回找了近百公里，救了一个受伤昏迷的女孩。女孩的家长将之当成肇事人，让他出钱给女孩治疗，直到女孩醒后才还他清白。有人问他：又不是你撞的人，为什么找回来受这般委屈？他答了一句最朴实的话：只为心安，否则，我的心会一生不安的。

穷人的标志

这里的穷人，与我们价值观里的穷人是两个不同的概念，我们的穷人概念只是一个经济学概念，即收入低于你所在的那个阶层或社交圈的平均水平。而这里穷人的概念则有以下几点：一是心理上的穷人，即一个人的欲望大于所得，无论你有多少钱，都是一个穷人，故这里的人很看不起那些得陇望蜀的人。二是知识上的穷人，没知识还不坚持终身学习的人，也是大家看不起的穷人。三是精神上的穷人，没有丰富的精神生活、丰富的生活情趣的人，更是被人厌恶之人。四是修养上的穷人，如喜开车、用手机、肥胖、不环保等，这些都是穷人的标志。

贫困的孩子反有出路

最使我感慨、感动的是这里有个普遍的社会现象，即贫困的孩子（青年人）更有出路。其具体表现在：一是在中小学，贫困的孩子更受老师关注。因为老师们普遍认为，唯知识可改变他们的命运，故对他们更关注。二是大学录取倾向照顾贫困之人，而非高分者、获奖多者，认为贫困之家的孩子不仅门路少、考学不易，而且天生已不平等，更值得同情。三是就业时贫困的孩子多受到照顾，条件相当或差一些也要贫困之家的孩子，认为贫困之家的孩子不仅能吃苦、勤奋、心理承受力强，而且更需要社会的照顾，他们的家庭及其本人也更需要工作或薪水。四是竞选各种公职，即我们所说的做官、升官，也能受到社会各层选民的青睐，因为选民认为从小吃过苦的人更能干，更了解人间疾苦，更有同情心。

分析出现这种现象的原因：一是国民的高素质；二是有同情心，这是上帝赐予人的最好礼物；三是有公平的社会环境，即社会生活的各个方面都是公平正义占上风，因为法治社会、真正的市场经济社会崇尚的是公平正义；四是这里的大学普遍认为没有理由不让一个贫困的孩子获得受教育的机会，教育的目的和要义是给那些最需要的人以受教育的机会，引领他们在正确的人生道路上走向成功；五是人性至上，这里的人从人性的角度考虑问题，考虑的是贫困孩子（弱者）的需要。

穷人家的孩子才当警察

这里的警察地位很低，究其原因：一是辛苦，这里的人工作从不加班，物欲不强，重休闲，而警察工作时间长，也最辛苦；二是加班多，生活不规律；三是薪水不高（公务员标准），没有任何外快即没人送礼行贿，因为人们都习惯凡事公事公办；四是危险，不是由于任何人都可拥有枪，而是由于警察在和平年代的各个国家都是最危险的职业。故这里多是穷人家或没文化的人家的孩子才去当警察，而且很容易当上。

道德高于一切

以德治国在这里体现得特别明显，这里的人们不仅有较高的道德素质，处处讲道德，维护道德，而且还处处体现出道德高于一切。一是敬畏道德，即视不德之事为人生最大的耻辱，用康德的一句话说就是：我最敬畏的是天上的星空及心中的道德律。二是人人敢于、乐于与不德之事做斗争，无论你是闯红灯、制造噪声，还是待老人、孩子不好、不科学（更不要说虐待了），马上就有人制止、举报或报警。三是人们几乎没有不德之行，如说假话、卖假货、诈骗等。

分析他们道德素质高的原因：一是宗教社会，几乎人人有信仰，尤其是 95% 的人信教，认为上帝无处不在，干任何坏事上帝都看得见，来生要下地狱。二是法治社会，人们自觉形成了守法、守规矩的意识。三是官员素质高，这里的官员都是一个地域的选民选出的，是绝对的高素质，而官员素质又往往决定公民素质。

四是媒体自由，任何一个人的不德行为马上都可让许多人知道，尤其是政治人物、公众人物、有身份的人物，一点点的不道德行为，如排队插队、说假话、随地吐痰等，马上可使其声名扫地。五是信用部门记载不道德档案，有不道德行为将会成为终身污点，连做生意人家也不愿同其签合同。

青年人喜背井离乡

“去远方”成为这里青年人的流行语。因为灵活的学校教育体制及充足的失业救济金，加之他们张扬的个性、社会及家长的鼓励，使得这里的青年人大都有离乡背井去远方的经历。他们离乡去远方的方式表现在：一是参加志愿者行动。二是旅行，当然包括结伴行、单独行、开车或骑车行。三是打工游学，主要是为学习一门外语或积累经验而外出。这里的人们坚持的一个原则是不允许自己的子女在自己的企业或势力范围内工作，除非接班让其直接进入董事会。四是为兴趣而离乡到远方，如喜欢海滩的会在海滩边住下打工，喜欢大象的便到泰国大象保护区打工，喜欢森林的去森林住一段，甚至一年、几年也是常有的。当然，他们不是在森林里无所事事，而是研究动植物保护，或为游人提供方便，如准备食物、搭建免费小屋（他们有帮助陌生人的习惯）。五是另类服兵役，如去高山救援部门、国际维和部队或想去的地方服兵役（这里的义务兵可以选择自己要去的地方）。六是服民事役，这里很多州（省）规定青年人可自愿服一定天数的民事役，于是有不少青年就选择了到自己喜欢的领域去服民事役，如考古、体育、文物管理或展览馆、博物馆等。这样做的好处表现在：一是丰富了青年人的生活，在他们人生最美好的阶段，精力、体力最充沛，可尽情让他们生活得更丰富。二是使之开阔眼界及胸襟，因为眼界及胸襟源于你的活动范围。三是增加历练，这对人生发展很重要。四是有利于年轻人张扬个性，这是人生最重要的东西之一，因为没有个性就意味着平庸。

有城市精神与人道主义

城市，作为人类文明的结晶，其最重要的意义不是高楼的多少、GDP 的高低、霓虹灯的亮度，更不是高铁、轻轨、磁悬浮列车的快慢，而是我在这里见到的城市精神与人道主义。其内涵有：一是让穷人有生活保障，不再为基本的衣食发愁。一个城市如有人吃不上饭，不仅仅是官员的耻辱、企业家的耻辱，更是全城人的共同耻辱，故这里的穷人如另文所述最低保障较高，可以基本衣食无忧。二是让残疾人、病人有保障，可以很体面地生活，再大的病也不会影响正常收入和正常生活。三是让失业者有生活保障，不仅设有较高的失业金，还设有各类救济金、破产企业贷款基金，以使失业者能及时东山再起。一言以蔽之，城市精神与人道主义就是让老人、残疾人、病人尤其是失业者能有基本生活保障，并能受到尊重。

远离电视

走进这里的朋友家里，忽然发现了一个秘密：他家里从客厅到卧室竟然没有电视机。细问原因，才知这里相当一部分人都崇尚远离电视的生活，他们认为看电视是现代人的慢性自杀方式或精神鸦片，其坏处有如下几点：一是将平均消耗人们 1/5 以上的有效生命。除了睡眠时间、工作时间以及生活必需时间，全球人均每天 3 小时左右的看电视时间，足以消耗掉人们 1/5 以上的有效生命。二是使人身体素质大大下降。一开电视，然后蜷在沙发上看电视，是现代人的业余生活常态。长期如此，容易使人发胖、生病，体质下降，尤其是使人没了生机和活力。三是智力和记忆力下降，看电视最不动脑，而脑子是愈用愈灵活，且老年人经常看电视还易得老年痴呆症。四是心理疾病高发。看电视易使人孤独、不善交往与交流、烦躁、厌倦，试回忆一下，你看了几个小时电视后是不是大脑昏昏沉沉，心中明显烦躁？五是电视的辐射伤害眼睛，使人易患癌症。六是生活质量下降，家庭矛盾增多。因为电视剧等文艺作品都是来源于生活又高于生活的，主人公一出场一般都是香车、美人、豪宅，好像生活在真空里，与现实生活反差太大，而人看久了，尤其是青少年潜意识里认为生活应是这个样子，便会对现实生活产生强烈不满。想想也是，看几个小时电视又能收获什么，记住什么？每天花 1 个小时看书或运动又会收到什么样的效果？故这里的很多人都在自觉抵制电视，而抵制的最好方法是不看电视或不安装数字电视，如想看什么就看碟片。用这里流行的一句话说：现代人的素质与在电视机前的时间成反比。

公交先坐后排

坐这里的公交车次数多了，发现一个有趣的现象：上车的人都是先从后排坐起，而且有许多时候车上的人多了，有不少人在车上站着，前两排却空着。好问问题的我忍不住问翻译这是为什么，听翻译一讲才恍然大悟。原来乘客这样做的原因：一是方便后来的人上车；二是可以让车厢保持安静和良好秩序而不至于拥挤；三是可提高上下车的效率；四是避免了拥挤中的磕碰及丢东西或给小偷以可乘之机（虽然这里极少发生盗窃案件）；五是前两排的空位是留给老弱病残孕的。记得一次我们同行的有几个人见站满了人的车上前两排还有几个空位，便急不可待地抢坐在上面，不料全车的人脸上流露出鄙夷的神色，让我们尴尬不已。

智利的遗憾

我们本来还有考察智利的任务，但不巧赶上智利地震，中断了我们的智利之行。我深知来南美不易，可能是一生不再，遂千方百计怂恿、动员有关人员冒险前往。为了做他们的思想工作，我可谓绞尽脑汁，什么机会不再啊，什么人生无处不风险啊，风险等于效率啊，等等，能说的话都说尽了，还是没能成功。好吧，就让南美尤其是智利这个世界上最狭长的国家给我们留下点遗憾吧。人生无处不遗憾，人生无处不缺憾，没有遗憾、没有缺憾也就没有人生嘛。再见，南美，感谢你留给我的美好印象，感谢这里人民的热情善良，更感谢这里给我思想的启迪和关于人生问题的许多思考。